Laurent Gaulet

OFFICIEL de L'HUMOUR 2023

ISBN : 978-2-412-08279-9
Dépôt légal : novembre 2022
Imprimé en France par CPI en octobre 2022 (172048)

Édition : Joséphine De Wispelaere
Illustrations : Léane de Christen
Mise en pages : Olivier Frenot

Éditions First, un département d'Édi8
92, avenue de France
75013 Paris – France
Tél. : 01 44 16 09 00
Fax : 01 44 16 09 01
E-mail : firstinfo@efirst.com
Site Internet : www.editionsfirst.fr

MIXTE
Papier issu de sources responsables
FSC® C003309

Laurent Gaulet

OFFICIEL de L'HUMOUR 2023

+ DE 1500
BLAGUES
100 %
FOUS RIRES

FIRST
ÉDITIONS

C'est comme...

Je suis barfait. C'est pas comme parfait, mais je suis au comptoir, complètement cramé…

Je fais du dodogging. C'est comme le jogging, mais dans mes rêves…

J'ai beaucoup de vodkabulaire ! C'est comme du vocabulaire, mais l'alcool m'aide beaucoup à libérer la parole…

J'ai un téléaphone. C'est comme un téléphone, mais il est HS…

Je suis whiskypédia ! C'est comme wikipédia, mais pas besoin de consulter le site, quand je bois je sais tout sur tout !

Les dragueurs

Un gars déclare à une fille :
– J'aimerais bien sortir avec toi, mais… tu me trouves laid.
– Oh, mais qui t'a dit que je te trouvais laid ?
– Ah ? Parce que tu ne me trouves pas laid ?
– Si, mais qui te l'a dit ?

Dans une soirée, un gars repère une superbe femme toute seule dans un coin. Il va l'aborder :
– Salut ! Qu'est-ce qu'une aussi jolie fille fait toute seule ? Pourquoi t'isoles-tu ?
– Je pète…

Un mec aborde une nana et lui lance :
– Toi, tu es une perle !
– C'est gentil ce que tu me dis, là ! Je suppose que c'est parce que je suis belle, rare, brillante…
– Non, c'est parce que je vais t'enfiler.

Une fille accepte de prendre un verre avec un gars. Au bout d'un moment, la fille, ne supportant plus les regards plongeants du type dans son décolleté, lui lance :
– Non mais, t'as pas fini de mater mes seins !
– Mais je ne les mate pas ?
– Et tu fais quoi alors ?
– Je les cherche...

– Tu me trouves comment, physiquement ? demande un garçon à une fille.
– Je préfère te voir en hiver, lui répond-elle.
– Ah... Et pourquoi ?
– Il fait nuit plus vite, tu es moche moins longtemps !

Un gars demande à une fille :
– Tu veux bien venir chez moi cet après-midi ?
– Pour quoi faire ?
– Pour que tu puisses goûter à ce que ma mère a fait.
– Et elle a fait quoi ?
– Elle m'a fait moi...

– Est-ce que tu veux sortir avec moi samedi prochain ?
– Désolée, j'ai prévu d'avoir une migraine ce week-end !

Drôles de couples

Un couple de jeunes mariés se présente à l'accueil de l'hôtel où ils doivent passer leur nuit de noces. Comme le veut la tradition, le marié tient son épouse dans ses bras pour la porter jusque dans leur chambre. Gênée, la réceptionniste le prévient :
– Je suis navrée, votre chambre est au dixième étage et malheureusement l'ascenseur vient de tomber en panne…
– Ah ? Eh bien… Ce n'est pas grave, je vais quand même la porter !
Le couple emprunte donc les escaliers. Le mari souffle dès le premier étage et sa femme lui demande :
– Je peux te dire quelque chose ?
– Non, laisse-moi me concentrer sur les marches à monter, je ne voudrais pas te faire tomber…
Au deuxième étage, le mari commence déjà à beaucoup fatiguer.
– Je peux te dire quelque chose ?
– Après… Après…
Au cinquième étage, le mari a les jambes qui flageolent sous le poids de sa femme…
– Je peux te dire quelque chose ?

– Pfff… Pfff… Attends que l'on soit arrivé…
Septième étage. Le mari a des crampes dans les bras et craint de laisser tomber sa femme à tout moment.
– Je peux te dire quelque chose ? demande-t-elle encore une fois.
– Je… Pfff… En haut… Pfff… Tais-toi donc !
Le couple arrive finalement au dixième étage. Le mari est exténué, en nage, a les reins en compote, les jambes et les bras tétanisés.
– Pffff… Vite, passe-moi la clé ! demande-t-il à sa femme.
– Je peux te dire quelque chose ?
– Quoi encore ! ! !
– Tu as oublié de prendre la clé à la réception.

Un homme à sa femme :
– Tu savais que, dans chaque femme obèse, il y avait une jolie fille qui se cache ?
– Non…
– Alors pousse-toi, tu me caches la vue !

Devinettes

Quel point commun y a-t-il entre des clés dans un sac à main et l'amour de sa vie ?
Les deux sont impossibles à trouver !

Quel point commun y a-t-il entre l'air et mes abdominaux ?
On ne les voit pas…

Qu'est-ce qu'un rhinocéros ?
Une licorne qui s'est un peu trop laissée aller sur la nourriture…

Comment sait-on que l'on est accro au shopping ?
Quand on connaît son numéro de carte bancaire par cœur…

Pourquoi il ne faut pas sonner chez les gens quand il fait 40 °C ?
Parce qu'ils sont en slip !

Quelle différence y a-t-il entre une meilleure amie et une psy ?
L'une se fait payer et l'autre non !

Quand on n'est pas d'accord, qui finit toujours par trancher pour dire qui a raison ?
Google…

Comment brûler plus de 1 000 calories en moins d'une heure ?
En oubliant la pizza dans le four.

À quoi reconnaît-on un fonctionnaire dans un camp de nudistes ?
C'est celui qui a de la corne aux fesses !

Les questions connes

Est-ce bien normal que les ordinateurs nous demandent si nous ne sommes pas des robots ? Ne devrait-on pas leur demander s'ils sont bien des ordinateurs ?

Comment une femme peut-elle en même temps n'avoir rien à se mettre et pas assez de place pour ranger ses vêtements ?

Quand je perds du poids, pourquoi me retrouve-t-il toujours ?

Pourquoi les choses que l'on souhaite manger en cachette ont les emballages qui font le plus de bruit ?

Pourquoi ne pas faire du yaourt une langue officielle ?

Les gens qui disent : « Bon annif », ils vont en vacances aux « Maldif » et achètent de « l'huile d'olif » ?

Pourquoi les tisanes pour faire dormir te réveillent-elles plusieurs fois dans la nuit pour aller pisser ?

Pourquoi, quand on a trop de choses à faire, on ne fait plus rien du tout ?

Pourquoi, quand on lit « Ouverture facile », on sait que l'on va avoir besoin d'un couteau, de ciseaux, d'un marteau...

Pourquoi sont-ce les cocus qui disent qu'ils se sont faits baiser ?

Quand on se réveille avec la tête dans le cul, est-ce parce qu'on est trop souple ?

Ces chères têtes blondes

Un jeune délinquant est jugé pour le vol de manteaux de fourrure. Sa mère qui assiste à son jugement pleure toutes les larmes de son corps :
– Avez-vous pensé à votre mère ? lui demande le juge ému. Regardez, elle est en larmes !
– Oui, j'y ai pensé, mais y avait pas sa taille !

À quel dilemme les parents sont-ils tous les soirs confrontés ?
Se coucher pour récupérer ou rester debout pour profiter du calme ?

Une jeune fille de 15 ans interroge sa maman :
– Maman, je suis grande maintenant. J'aimerais savoir comment... Enfin, tu vois ce que je veux dire ?

– Oui, je vois très bien. Il est en effet temps que je t'explique comment on fait les bébés. Alors, lorsque le papa est très amoureux de la maman, il…
– Non, pas ça ! Ce que je veux savoir c'est « comment on fait pour simuler un orgasme ? »

Un homme raconte à son fils :
– Quand j'étais môme, ma mère me demandait d'aller faire des courses. Elle me donnait 10 francs et je ramenais le pain, le lait, des fruits, des légumes, des cigarettes, le journal, des bonbons… Tu imagines un peu !
– Oui, c'est ouf ! Maintenant, ce serait impossible ! Avec toutes ces caméras de surveillances…

Un petit garçon demande à sa maman :
– C'est qui mon papa ?
– Ton papa, c'est le Père Noël !
– C'est vrai ?
– Oui. Il est venu une nuit, il m'a fait un cadeau et on ne l'a plus jamais revu !

Trop blondes

Au restaurant, une brune mange une huître et dit à sa copine blonde :
– Elle est amère !
– Et mon père ?

Une blonde se confie à son mari tout en pleurant :
– Ça fait… Ça fait trois fois que je fais le test de grossesse…
– Oui, et alors !
– Trois fois qu'il… qu'il est positif ! On va avoir des triplés !

Une blonde se plaint d'avoir encore raté son permis de conduire :
– Je ne comprends pas l'examinateur, il a toujours des questions à la con ! dit-elle à sa copine.
– Qu'est-ce qu'il t'a encore demandé ?
– Là, il m'a dit : « Quand est-ce que vous passez en seconde ? »

– Et ?
– Bah… Il se fout de moi, non ? J'ai arrêté l'école quand j'étais en troisième !

Un type teste les capacités intellectuelles d'une blonde :
– Tu es forte en calcul mental ?
– Y a pas plus rapide que moi ! affirme-t-elle.
– Si je te dis 6 x 7, ça fait combien ?
– 2 ! répond-elle aussitôt.
– Mais c'est faux ?
– Peut-être mais c'est ultrarapide, non ?

Une blonde reçoit un appel téléphonique :
– Allô ?
– J'ai votre enfant…, lui répond-on à l'autre bout du fil.
– Vous voulez quoi en échange ?
– Je suis la nounou, vous avez encore oublié de venir le chercher !
– Oups !

Blagues coquines

Deux mecs discutent de nanas :
– J'ai entendu dire qu'une fille avait battu le record du monde en couchant avec 400 mecs !
– Oh non… Mais où va le monde ?
– Bah… Dans son cul.

Que répond un sadomaso à une femme qui lui demande de l'attacher ?
C'est dans mes cordes…

Un type invite une collègue blonde à déjeuner, puis lui demande :
– Je passe te prendre à quelle heure ?
– Prends-moi quand tu veux.

Pour un sadomaso, quel point commun y a-t-il entre de l'argent et un cul ?
C'est fait pour être claqué !

Quel point commun y a-t-il entre les œufs Kinder et la fessée ?
C'est fait pour les enfants et ce sont les adultes qui les aiment le plus…

Quel est le danger pour un alcoolique qui hurle : « Je veux me prendre une grosse biture » ?
C'est de ne pas être en état de finir sa phrase…

Un homme fait une proposition à sa femme :
– Ce soir, au lit, c'est la position que tu veux !
– Vraiment ?
– Oui, c'est toi qui choisis !
– OK, alors je voudrais la position de la moto !
– De la moto…, fait l'homme perplexe avant d'avouer : Désolé, je ne connais pas. C'est comment ?
– Tu dors sur la béquille !

Quand une femme accepte-t-elle de prendre un coup de vieux ?
Quand il est riche…

Les répliques de ciné

– Cigarette ?
– Non merci, je ne fume pas. Je n'arrive pas à aimer cela.
– Quel dommage ! Pourtant fumer détend.
– Oui, je sais, j'enrage. Ne pas fumer me tue. Je vais réessayer, je vous le promets. »
OSS 117: Le Caire nid d'espions (2006) de Michel Hazanavicius avec Jean Dujardin, Bérénice Bejo, Aure Atika

---

– Éboueuse, ça vous va ?
– Hé dites donc ! Pourquoi pas ramasser les poubelles tant qu'vous y êtes ! Ça va pas, non ? Heu… On va mettre autre chose, on va mettre heu… Oh, bah vous avez qu'à mettre buraulier.
– Pardon ?
– Ben… Buraulier, celui qui travaille dans les bureaux.
– Ah oui… Vous voulez dire buraliste ?

– Mais non, buraliste ça bosse dans un tabac. Mais vous êtes complètement abrutie vous, hein ! ?
Le Père Noël est une ordure (1982) de Jean-Marie Poiré avec Anémone, Marie-Anne Chazel, Thierry Lhermitte, Gérard Jugnot, Josiane Balasko, Christian Clavier

---

– Elles sont belles tes fleurs. En plus, elles sont parfumées.
– Ah non, on a pas refumé !
Le Pari (1997) de Didier Bourdon et Bernard Campan avec Didier Bourdon, Bernard Campan

---

« Ce que le chef fait subir tous les jours à la cuisine, la reine d'Angleterre le fait subir tous les jours à la mode ! »
Pédale douce (1996) de Gabriel Aghion avec Patrick Timsit, Fanny Ardant, Richard Berry

---

« Comme tu as grandi ma chérie ! Tu pourrais presque attraper les couilles du Seigneur. »
Persepolis (2007) de Vincent Paronnaud et Marjane Satrapi avec Chiara Mastroianni, Catherine Deneuve, Danielle Darrieux

---

Humour noir

Un homme demande à un collègue :
– T'es un mec sympa, sensible, à l'écoute… Alors pourquoi tu répètes à tout le monde que tu as un cœur de pierre ?
– Parce que c'est vrai, j'ai le cœur de Pierre…

Quel avantage y a-t-il à être sourd lorsque l'on est mourant ?
On n'entend pas sonner sa dernière heure.

Un homme lance à sa femme :
– Chérie, je vais jeter les ordures ! Je les balance où ?
– Mais ce n'est pas le jour de ramassage des poubelles ?
– Je parlais des voisins…

Une femme à une amie :
– Un jour, tu devrais venir avec moi faire une séance de spiritisme, c'est génial !
– Non. Les vivants me font assez chier comme ça, je vais pas aller parler avec les morts…

Un type se gare sur le bord de la route pour prendre un auto-stoppeur. Ce dernier le remercie, monte à ses côtés et, peu après que la voiture a redémarré, s'adresse au conducteur :
– C'est très aimable à vous de me prendre en stop, moi-même je ne m'arrête pas car on ne sait jamais sur qui on tombe… C'est vrai quoi, qui vous dit que je ne suis pas un tueur en série ?
– Parce que statistiquement, lui répond le conducteur, les chances sont infimes qu'il y ait deux tueurs en série dans la même voiture.

Un type regarde un match de foot à la télé. Soudain, son fils entre dans le séjour et s'écrie :
– Papa ! Papa ! Mamie est morte !
– Bon ben… Commence à pleurer, j'arrive, c'est bientôt la mi-temps…

L'abus d'alcool
est dangereux pour la santé

Pour un alcoolique, quelle différence y a-t-il entre un verre à moitié vide et un verre à moitié plein ?
Aucune, c'est un verre à boire !

Quel point commun y a-t-il entre l'amour et l'apéro ?
On sait quand ça commence, mais on ne sait pas quand ça finit…

Une femme gronde son mari qui rentre au petit matin dans un état second…
– Tu es sorti avec tes potes, je suis persuadée que vous avez fait les 400 coups !
– Ah non ! rétorque le mari, on n'a pas fait les 400 coups, on en a bu 390 et tiré 10 !

Comment s'appelle le superhéros des alcooliques ?
L'ap-héros !

Quelle différence y a-t-il entre un romantique et un alcoolique ?
L'un a soif d'amour, l'autre a juste encore soif…

Un alcoolique à son compagnon de comptoir :
– Moi, j'ai qu'une devise dans la vie !
– Laquelle ?
– Si tu tombes, alors lève-toi et marche ! Et si tu retombes… N'insiste pas, t'es trop bourré.

Au comptoir d'un bar, un gars dit à son pote :
– Tiens, cette nuit, tu étais dans mon rêve !
– Ah bon ?
– Ouais. On était au bar et tu buvais une limonade…
– Sans alcool dedans ?
– Ouais.
– Alors c'était pas moi.

Perles d'enseignants

– Aujourd'hui, nous allons réaliser un test de dépistage.
– Ouais ! Un dépistage de quoi ?
– De votre ignorance. Prenez une feuille, interro surprise !

Trop proche du radiateur, ses connaissances ont fini par s'évaporer…

Siffle en cours ! Serait plus à sa place sur la branche d'un arbre que dans une salle de classe.

« Qui a écrit ça sur le tableau ? Une moule à marée basse ou un bulot mort ? »

Écoute d'une oreille et écrit de l'autre.

Doit apprendre à lever le doigt avant de dire une bêtise !

Quelle tristesse ! 2,4 milliards d'années d'évolution pour en arriver à ça…

Très intéressant… Si l'on pouvait manger votre copie, elle aurait un goût d'extrait de courge !

Absence de travail ou mort cérébrale ?

L'esprit aussi vif et rapide qu'une limace asthmatique.

« Sur quels critères noter votre copie ? Il faudrait inventer un cruchomètre ! »

Attendons impatiemment la fin de l'hiver et de son hibernation…

La ronde des métiers

Employé

Un employé complimente son patron sur sa nouvelle acquisition automobile :

– C'est une bien jolie voiture que vous venez d'acheter ! lui déclare-t-il.

– Oui, merci. Je vois que vous aimez les beaux bolides alors je vais vous expliquer une chose : si vous travaillez durement, sans jamais rechigner à la tâche, sans compter vos heures tout en excellant dans votre travail… Eh bien, l'année prochaine, je pourrai m'en offrir une autre !

Gendarme

Un gendarme ordonne à une automobiliste de se garer sur le bas-côté :

– Bonjour Madame, gendarmerie ! Vous avez dépassé les 80…

– Oh, ce n'est pas gentil, Monsieur le gendarme, j'ai bien moins que 80 ans !

– Je parlais de votre poids…

Serveur

Dans un restaurant, un client interpelle le serveur :
– Garçon ! La nappe est dégoûtante ! Depuis quand n'a-t-elle pas été changée ?
– Je ne sais pas, Monsieur. Je ne suis là que depuis trois ans.

Patron

Une femme demande à l'une de ses collègues :
– Depuis que je suis arrivée dans cette boîte, le patron ne cesse de me répéter qu'ici, il est la locomotive et nous les wagons.
– Je sais, il le dit à toutes les filles…
– Et de ne jamais oublier ça, si je veux avoir une chance d'avancer dans cette société !
– Oui…
– Que veut-il dire par là ?
– Ben… Que la locomotive tire les wagons…

Docteur

Une vieille dame se rend chez son médecin traitant :
– Docteur, je deviens sourde ! Je ne m'entends même plus péter !
– Bien. Je vais vous prescrire un sirop.
– Je vais mieux entendre ?
– Non, mais vous tousserez moins !

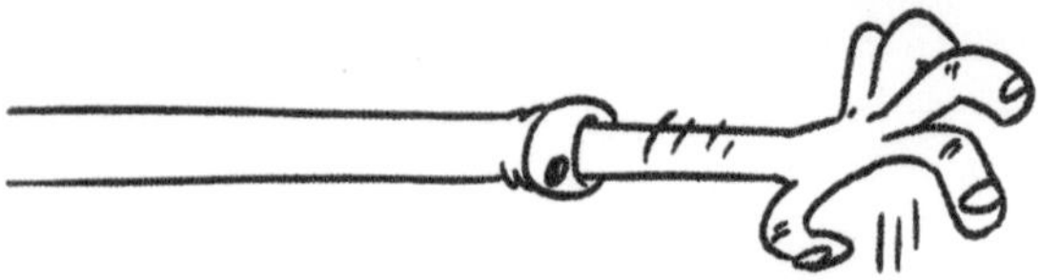

Comment emmerder le monde

Changez la photo de votre profil Facebook par celle d'Émile et Images ou de la Petite Sirène pour mettre une chanson pénible dans la tête de vos amis…

Téléphonez à votre patron et dites-lui : « Je ne peux pas venir travailler, mon chat s'est endormi sur mes genoux… »

Pour vous servir un morceau de tarte, coupez-vous un carré au milieu du gâteau.

Klaxonnez quand vous voyez un type pisser sur le bord de la route pour qu'il tourne la tête et s'en mette sur les chaussures !

Lorsque vous sortez d'une voiture, pensez à laisser la portière ouverte…

Téléphonez à votre patron et dites-lui : « Je vais être en retard… Je n'ai pas d'excuse, c'est juste parce que les bonnes choses mettent toujours du temps à arriver ! »

Envoyez : « Je suis enceinte » à des numéros inconnus…

Trouvez une place sur le parking bondé d'un centre commercial et restez là toute l'après-midi avec les feux de recul allumés…

À Noël, offrez des piles avec un petit mot : « Cadeau non inclus. »

Téléphonez à votre patron et dites-lui : « Je préfère ne pas venir aujourd'hui, je suis trop fatigué(e), je vais vous ralentir. »

Envoyez des petits messages d'amour à vos ex qui sont en couple…

Atroces et bien dégueus

Qui dit souvent: «Oh là, doucement avec les bonbons!»?
Un pédophile radin.

Une femme annonce à son mari:
– Tiens, j'ai encore vu nos trois enfants aujourd'hui!
– Ah…
– Oui, faut vraiment que je pense à vider le congélateur un de ces jours!

Dans une brasserie, un homme s'attable pour manger. À ses côtés, un type lit son journal alors qu'une assiette pleine de spaghettis attend devant lui. Une demi-heure après avoir passé sa commande, le client n'est toujours pas servi… Pendant ce temps, son voisin est toujours caché derrière son journal et son assiette de spaghettis toujours devant lui. N'en pouvant plus d'attendre, l'homme s'empare alors discrètement de l'assiette… Il engloutit rapidement le plat et, alors qu'il a presque

fini, trouve un peigne gras et plein de pellicules au fond de l'assiette ! Pris d'un haut-le-cœur incontrôlable, l'homme revomit tous les spaghettis dans l'assiette. Son voisin plie alors son journal et lui dit :
– Vous aussi, vous avez trouvé le peigne ?

Un ado fait une demande à sa mère :
– Est-ce que je peux inviter ma copine à venir samedi soir ?
– Oui, mais pense à changer tes draps, ce serait dommage qu'elle tombe enceinte juste en s'asseyant dessus !

Trois copains se rendent en discothèque. Chacun danse et drague de son côté. Au bout d'une heure, l'un d'eux se rend aux toilettes et aperçoit un trou dans la cloison au-dessus duquel est inscrit : « Machine à sucer – 20 euros. » Le type glisse un billet dans le trou, puis y passe son sexe… Un peu plus tard, le deuxième copain va à son tour aux toilettes. Lui aussi tenté par l'expérience, il introduit un billet de 20 euros dans le trou et essaye la machine à sucer. Toujours un peu plus tard dans la soirée, alors que les deux gars se sont retrouvés au bar, le troisième les rejoint en leur disant :
– Eh les gars ! Je me suis fait 40 euros !

Contrepèteries

Je préfère les filles en culottes et en corsets.
Je préfère les filles enculées et encore sottes.

J'ai été introduite à l'École nationale supérieure des mines de Paris
J'ai été introduite à l'École nationale supérieure des pines de maris.

Le coureur en piste parle à peine.
Le coureur empeste par la pine.

Comme tout le monde, j'ai le tronc près du cou.
Comme tout le monde, j'ai le con près du trou.

J'aime lécher le confit d'oie !
J'aime lécher le con dix fois !

Elle adore tricoter des pulls.
Elle adore tripoter des culs.

Le berger écarta les biches et découvrit le petit mouton, bien calé entre les deux chèvres.
Le berger écarta les miches et découvrit le petit bouton, bien caché entre les deux lèvres.

J'étends le linge pour qu'il sèche.
J'étends le singe pour qu'il lèche.

L'éleveur de moutons tire de sa laine une maigre pitance.
L'éleveur de moutons tire de sa pine une maigre laitance.

L'électricien choisit les fils et les ampoules.
L'électricien choisit les poules et les enfile.

J'ai rendez-vous cabine treize.
J'ai rendez-vous, Catherine baise…

Les plus courtes sont les meilleures

Une femme se confie à une amie :
– Hier soir, je me suis fait arracher mes vêtements…
– Tu as enfin trouvé un homme !
– … par la poignée de la porte.

—

Une femme parle de son ex à une amie :
– Tu sais quel point commun il y a entre lui et sa photo ?
– Non ?
– Je ne peux pas l'encadrer !

—

Le saviez-vous ?
Les blagues de cul sadomaso sont souvent très tirées par les cheveux.

—

Une fille téléphone à une ancienne copine :
– Alors, que deviens-tu ?
– J'attends un heureux événement !

– Génial ! Dans combien de temps ? Fille ou garçon ?
– Dans 15 minutes. Une pizza.

Un homme téléphone à son patron :
– Allô ? J'appelle juste pour vous dire que je serai en retard.
– Bien… Vous arrivez quand ?
– Demain.

Un gars raconte à un collègue :
– À chaque fois que je vais à une soirée, on me dédicace une chanson de Claude François ! Je ne sais toujours pas pourquoi…
– Je parie que la chanson c'est : « Cet âne est là ! »
– Oui.

– Ton chiffre préféré c'est bien le 35 ?
– Pourquoi ?
– Ille-et-Vilaine !

Blagues à Toto

La maman de Toto lui demande :
– Tu as pris ton petit déjeuner ?
– Non…
– Bon, tu n'as plus le temps, il faut qu'on parte à l'école. Tu n'as vraiment rien mangé ?
– Si, une crotte de nez !

La maîtresse interroge Toto :
– Si je dis : « Je fais mes devoirs », c'est quel temps ?
– C'est du temps perdu, M'Dame !

Le patron du papa de Toto et sa femme sont invités à dîner. La maman de Toto a mis les petits plats dans les grands et a bien recommandé à son fils de parfaitement se tenir. À table, l'ambiance est un peu coincée alors Toto lance une devinette à l'assemblée :
– Qu'est-ce qui est long, dur, qui a des poils et que maman aime bien avaler ?

Silence de mort autour de la table...
– Un épi de maïs ! dit alors Toto.

Toto rentre fâché de l'école :
– Qu'est-il encore arrivé pour que tu sois en colère ? lui demande sa maman.
– La maîtresse m'a encore donné une punition !
– Et qu'as-tu fait de mal ?
– Rien ! Elle m'a demandé ce que je voulais faire plus tard, j'ai dit que je voulais être médecin !
– Et c'est pour ça qu'elle t'a puni ?
– Elle m'a dit qu'elle ne viendrait pas dans mon cabinet. Alors moi je lui ai répondu que je voulais devenir médecin, pas vétérinaire !

Toto questionne sa grand-mère :
– Dis mamie, c'est vrai que tu as du diabète ?
– Malheureusement oui...
– Et c'est vrai que tes dents sont toutes pourries ?
– Oui, c'est exact.
– Alors... Tu peux me garder mes bonbons ?

Mots d'esprit

« La France va mieux. Pas mieux que l'année dernière mais mieux que l'année prochaine. »

Coluche

« Après la mort, l'esprit quitte le corps… Sauf chez les cons, chez eux ça se passe de leur vivant ! »

Philippe Geluck

« Quand il entend le mot "bouchon", le pessimiste pense aux embouteillages et l'optimiste à une bonne bouteille de vin. »

Bernard Pivot

« Une horloge cassée a raison au moins deux fois dans la journée. »

Woody Allen

« Dans les villes modernes, il y a un moyen sûr de raconter ses petits malheurs à ses voisins sans être obligé de subir le récit des leurs. Ça s'appelle la concierge. »

Patrick Sébastien

« L'intelligence, c'est comme les parachutes, quand on n'en a pas, on s'écrase. »

Pierre Desproges

« À vendre, casseroles carrées pour empêcher le lait de tourner. »

Alphonse Allais

« La météo est une science qui permet de connaître le temps qu'il aurait dû faire. »

Philippe Bouvard

« C'est quand les accents graves tournent à l'aigu que les sourcils sont en accents circonflexes. »

Pierre Dac

Blagues à papa

Que donne un régime à base de gras ?
Ça fait un bide.

Que chantent les Esquimaux quand l'un d'eux boit son verre cul sec ?
Igloo, igloo, igloo !!!

Qu'est-ce qui est blanc et qui attend ?
Le bronzage !

Qu'est-ce que la greffe ?
Un pays vers la Mafédoine.

Pourquoi utilise-t-on du sel pour déneiger les routes ?
Parce qu'avec du sucre on aurait du sucre glace.

Harry Potter se rend dans une boulangerie…
– Une baguette, s'il vous plaît ! commande-t-il.
– Comment la voulez-vous ? lui demande la boulangère.
– Magique !

Pourquoi ne faut-il pas acheter de faitout ?
C'est une arnaque, ça fait rien !

Superman sans « U », ça devient tout de suite moins élégant…

Quel est le comble pour un percepteur ?
C'est d'imposer le silence.

Tu veux que je te dise un truc qui décoiffe ?
L'oreiller…

Pourquoi un garagiste pète ?
Parce que son joint de cul lâche…

Ces chères têtes blondes

Un ado rentre chez lui et, à peine arrivé, hurle à l'intention de sa mère :
– Salut, je suis affamé !
– Bonjour Affamé, moi je suis maman.
– Arrête, tu n'es pas marrante...
– Exact, je ne suis pas Marrante, je suis maman.
– Non mais arrête, je suis sérieux là !
– Je croyais que tu étais Affamé ?

Une adolescente annonce à son père :
– Papa, je suis enceinte d'un petit garçon...
– Hein ! ? Mais... Mais... C'est pas possible ! ! !
– Poisson d'avril...
– Ouf ! J'ai eu la peur de ma vie.
– C'est une petite fille...

Un petit garçon dit à une petite fille :
– Mon papa à moi, il a deux zizis !

– Ah bon ?
– Oui ! Un petit pour faire pipi, et un gros pour brosser les dents à maman !

Un petit garçon dit à un copain :
– Ta maman, elle est nulle !
– Non, ma maman elle est meilleure que ta maman !
Le petit réfléchit un instant et répond :
– T'as raison, papa dit la même chose que toi.

Deux ados posent enfin leurs smartphones et entament une discussion…
– Facebook, ça tue la vraie communication entre les gens.
– J'aime.

Une mère secoue son enfant qui dormait paisiblement…
– Pourquoi tu me réveilles, maman ? s'inquiète le môme surpris d'être réveillé de la sorte au beau milieu de la nuit.
– Pour rien… Juste pour te montrer comment ça fait quand on est parent !

Monsieur et Madame...

Monsieur et Madame **Demou** ont un fils.
Comment l'appellent-ils ?
Alban (Elle bande mou)

Monsieur et Madame **Boi** ont un fils.
Comment l'appellent-ils ?
Simon (Scie mon bois)

Monsieur et Madame **Braisse** ont une fille.
Comment l'appellent-ils ?
Paulette (Poulet de Bresse)

Monsieur et Madame **Cauneri** ont une fille.
Comment l'appellent-ils ?
Aretha (Arrête ta connerie)

Monsieur et Madame **Chaifermai** ont un fils.
Comment l'appellent-ils ?
Guy (Guichet fermé)

Monsieur et Madame **Danlcouscous** ont une fille.
Comment l'appellent-ils ?
Larissa (L'harissa dans le couscous)

Monsieur et Madame **Anguedan-Matouffe** ont une fille.
Comment l'appellent-ils ?
Chantal (J'sens ta langue dans ma touffe)

Monsieur et Madame **Biensucé** ont un fils.
Comment l'appellent-ils ?
Humphrey (Je me ferais bien sucer)

Monsieur et Madame **Fissiltussai** ont un fils.
Comment l'appellent-ils ?
Teddy (T'es difficile, tu sais ?)

Devinettes

À quoi sert un porte-clés?
À perdre toutes tes clés en même temps!

Quelle différence y a-t-il entre les soirées quand on est jeune et les soirées quand on est adulte?
Jeune, on file en douce de la maison pour aller en soirée et adulte, on quitte en douce les soirées pour rentrer à la maison…

Quand trouve-t-on notre lit le plus confortable?
Le lundi matin…

Comment se donner à 100% au boulot?
40% le lundi, 30% le mardi, 20% le mercredi, 7% le jeudi et 3% le vendredi…

Que font les filles qui essayent de mettre des jeans trop petits ?
Un déni de grosses fesses !

Qui vous regarde toujours courir sans rien faire ?
Les profs d'EPS…

Quel point commun y a-t-il entre une personne dans son lit et James Bond ?
Ils sont sous couverture…

Comment faire des économies pendant les soldes ?
En n'achetant rien.

Quelle différence y a-t-il entre le compte en banque et la graisse sur le bide ?
L'un fond beaucoup plus vite que l'autre…

Les répliques de ciné

« Ah ça… à force d'enculer les poules on finit par casser les œufs… »
Le Poulpe (1998) de Guillaume Nicloux avec Jean-Pierre Darroussin, Clotilde Courau, Julie Delarme

---

– Il y a des patrons de gauche, je tiens à vous l'apprendre !
– Il y a aussi des poissons volants, mais qui ne constituent pas la majorité du genre !
Le Président (1961) de Henri Verneuil avec Jean Gabin, Bernard Blier

---

– Tu te rends compte : j'ai dépucelé les trois quarts des mecs de cette ville et maintenant, j'fais plus un rond !

Tous les ans, ça diminue. J'suis à 30 balles maintenant, si ça te tente…
– Non, c'est gentil mais… j'vais attendre que ce soit gratuit.
Quasimodo d'el Paris (1999) de Patrick Timsit avec Patrick Timsit, Richard Berry

—

– T'es très jolie comme ça.
– Tu trouves ?
– Non.
Le Quart d'Heure américain (1982) de Philippe Galland avec Gérard Jugnot, Anémone

—

– Ce mariage est une horreur, je croise le fantôme de toutes mes ex, il ne manque plus qu'Henriette et le carnage sera complet.
– Bonjour, Charles !
– Salut, Henriette.
Quatre Mariages et un enterrement (1994) de Mike Newell avec Hugh Grant, Andie MacDowell

—

Drôles de couples

Un type s'apprête à partir en voyage d'affaires et s'adresse à sa copine :
– Je compte sur toi pour ne pas voir mes potes pendant mon absence, OK?
– Pourquoi, serais-tu jaloux?
– Ben... Je sais qu'ils te draguent un peu tous alors...
– Ne t'inquiète pas, mon bébé ! Axel est éjaculateur précoce et Steph bande mou. Quant à Tony, il a une petite queue...

Un homme attablé avec sa femme lui demande :
– Je t'ai déjà dit que tu cuisinais bien?
– C'est gentil ! Mais non, tu ne me l'as jamais dit...
– Alors pourquoi tu continues à cuisiner?

Un homme se rend à la maternité où sa femme vient d'accoucher :
– Alors, tu es allé reconnaître le petit? lui demande-t-elle.
– Oui, il faut toujours reconnaître ses erreurs...

Un homme lance un défi à sa femme :
– Si tu peux me dire un truc, en une seule phrase, qui me fasse à la fois plaisir et de la peine en même temps, je t'emmène au resto !
– OK… De tous tes potes, tu es celui qui baise le mieux !

Une femme se confie à un homme :
– Tu vois, je crois qu'on est faits l'un pour l'autre…
– Oui.
– … mais je ne sais toujours pas qui est l'autre.

Un gars se dispute avec sa copine :
– T'es comme une gastro !
– Ah oui ? Explique-toi !
– Depuis que je t'ai chopée, tu ne cesses de me faire chier !

– Chez moi, c'est le chat qui commande ! confie un homme à un ami.
– J'aurais plutôt pensé que c'était ta femme…
– Oui, mais comme c'est le chat qui commande ma femme…

Idées à la con pour redresser la France

Écologie

Remplacer les paillassons en plastique par des hérissons.

Droit de grève

Afin de réduire l'impact désastreux des grèves sur notre économie et sur l'image de la France, trouver un accord avec les partenaires sociaux afin que tous les arrêts de travail et toutes les manifestations se déroulent le même jour de l'année. Par exemple, tous les 15 août.

Vivre ensemble

Lutter contre les disparités régionales. Le nombre de bises à effectuer pour se saluer ne doit plus dépendre de son origine régionale. Selon une échelle de beauté, le nombre de bises serait compris entre 0 pour un laideron et 10 pour un supercanon.

Immigration
Réquisitionner les bateaux-mouches parisiens et organiser le débarquement des migrants en Angleterre.

Santé et économie d'énergie
Inciter les personnes à pratiquer un sport tout en réalisant des économies d'énergie, c'est possible. Les foyers devraient s'équiper d'un vélo d'appartement producteur d'électricité. Chaque soir, entre 19 heures et 22 heures, il suffira d'interrompre la fourniture d'électricité…

Élections présidentielles
Profiter du bulletin de vote pour inscrire à son dos une idée pour redresser la France ou un petit mot d'encouragement à l'attention de son candidat. Transmettre ensuite tous les bulletins au président élu.

Environnement
Lutter contre les pollutions visuelles sur le bord des routes en remplaçant, par exemple, les panneaux « Risque de verglas » par un pingouin, « Attention ralentisseur » par un dromadaire…

Trop blondes

Une brune dit à sa copine blonde :
– Ce soir, ils rediffusent un film qui me fait rire et pleurer à chaque fois que je le regarde…
– Ah oui ? C'est quoi ?
– Quand Harry rencontre Sally.
– Je sais pas…

Dans une discothèque, un gars demande à une blonde :
– Salut, tu passes une bonne soirée ?
– Une quoi ?
– Bonne soirée.
– Merci, à toi aussi !

Après une soirée en boîte, une blonde, réfugiée dans un fourré, téléphone discrètement à ses copains :
– Les mecs… Venez vite, y a des gars qui me cherchent partout avec des lampes torches…
– Mais putain, c'est nous !!! T'es où ?!

Un gars propose un jeu à une blonde :
– Je vais te poser des questions et tu réponds sans réfléchir, OK ?
– D'accord...
– Donne-moi une couleur.
– Ascenseur.
– Le nom d'un animal ?
– Limonade.
– Ouais, mais non... Faut quand même réfléchir un peu !

Une blonde se rend chez son gynécologue pour une petite inflammation génitale.
– Alors docteur, qu'est-ce que j'ai ?
– C'est une blennorragie.
– Une quoi ?
– Blennorragie. Ça vient du grec...
– Ah, le salaud ! J'aurais dû m'en douter !

Une blonde lance à son homme :
– Je sors courir, ça va me vider la tête !
– Ah... Tu vas pas courir longtemps alors !

Hommes et femmes en blanc

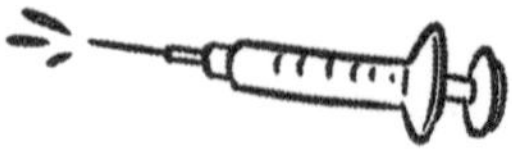

Une femme se rend chez son docteur et lui confie :
– J'ai peur de devenir folle, je me parle toute seule…
– Ne vous inquiétez pas, tout le monde fait cela ! la rassure le médecin.
– Sauf que, depuis quelque temps, je me réponds…

Une femme rend visite au nutritionniste qui lui avait prescrit un régime.
– Comment avez-vous vécu ce régime, lui demande ce dernier.
– Mal ! Je ne parviens pas à le suivre, c'est trop dur ! avoue-t-elle.
– Qu'avez-vous trouvé de compliqué ? C'était plutôt le début ? Le milieu ?
– Non, c'est la faim !

Une femme se rend chez son psychanalyste :
– Comment définiriez-vous votre relation avec votre mari ? lui demande-t-il.

– Toxique.
– Et vous vous sentez comment dans cette relation ?
– Comme un poison dans l'eau…

Une blonde se rend chez un cardiologue. À l'aide d'un stéthoscope ce dernier écoute les pulsations du cœur au niveau de la poitrine :
– Vous faites combien normalement ? lui demande-t-il alors.
– Du 90C.

Un homme et une femme font une thérapie de couple. Le thérapeute demande au mari :
– Votre femme vient de dire que vous ne lui avez jamais acheté de fleurs…, est-ce exact ?
– Très honnêtement, répond le mari, je ne savais même pas qu'elle vendait des fleurs !

– Vous avez pris du poids ? demande un docteur à son patient.
– Je ne pèse que 28 kg ! lui répond celui-ci, sur la planète Mars…

Les répliques de ciné

« Chaque pas est une planche, chaque planche est un pas. »
Les Randonneurs (1997) de Philippe Harel avec Benoît Poelvoorde, Karin Viard, Vincent Elbaz, Philippe Harel, Géraldine Pailhas

---

– Et toi ? T'as tué du monde ?
– Juste des flics.
– Pas des vraies personnes ?
– Juste des flics.
Reservoir Dogs (1992) de Quentin Tarantino avec Harvey Keitel, Michael Madsen, Tim Roth, Steve Buscemi, Quentin Tarantino

---

– On ne va pas vous laisser partir comme ça.
– On c'est qui, on ?

– Smith, Wesson, et moi.
Le Retour de l'inspecteur Harry (1983) de Clint Eastwood avec Clint Eastwood, Sondra Locke, Bradford Dillman

---

– C'est une amoureuse née…
– Pourquoi ne dis-tu pas franchement une idiote ?
Retour de manivelle (1957) de Denys de La Patellière avec Michèle Morgan, Daniel Gélin

---

– Je veux un vrai dossier, Perrache. Ses habitudes, ses vices…
– Oui, Monsieur.
– J'm'en vais te l'coincer, moi, le vieux bouc ! Sa déclaration d'impôts ?
– Il paye ses impôts, Monsieur.
– Pourquoi ?
– Ah, je ne sais pas, Monsieur…
– Décidément, il faut toujours qu'il se distingue, cet abruti !
Le Retour du grand blond (1974) d'Yves Robert avec Pierre Richard, Jean Carmet, Jean Rochefort

---

Les copains, les copines

Un mec annonce à un copain :
– Je ne suis plus puceau !
– Je te crois pas…
– Bah… Demande à ta sœur !
– Mort de rire, je n'ai pas de sœur !
– Ah ah ah ! Tu l'auras dans neuf mois, quand ta mère aura accouché !

Une fille dit à son ex :
– Hier, j'ai encore rêvé de toi…
– C'était quoi comme rêve ?
– C'est toujours le même rêve : tu flottes…
– Je flotte ?
– Oui, et après je tire la chasse…

Une fille pas très belle se confie à une amie :
– Tu crois que si je me maquillais, je serai plus jolie ?
– Mon père te dirait que non.

– Pourquoi ? En quoi ça concerne ton père ?
– Il est peintre en bâtiment. Il répète toujours : « Si les murs sont pourris, ça ne sert à rien de les repeindre ! »

Une femme s'étonne de la prise de poids de son ami :
– Tu grossis beaucoup en ce moment…
– C'est parce que je fais comme si j'étais en couple.
– C'est-à-dire ?
– Je cuisine pour deux…

Une fille dit à sa meilleure amie :
– Alors, pendant ces vacances, tu as fait des squats pour te remettre en forme ?
– Ouais ! Squatte du canapé, squatte du lit…

Deux filles se disputent :
– T'es tellement voleuse que la seule empreinte que tu laisseras dans le monde, c'est celle de tes doigts dans un commissariat !
– Et toi, t'es tellement fainéante que la seule empreinte que tu laisseras dans le monde, c'est celle de ton cul dans le canapé !

Les hommes les femmes

Comment devenir ami avec une femme?
Il suffit de lui dire: «Je t'aime» et elle répond: «Je préfère que l'on reste amis».

Une femme s'approche langoureusement de son mari, lui mordille le lobe de l'oreille puis lui susurre:
– Alors mon petit chéri… Dis-moi ce que tu aimerais que je te fasse… Là, maintenant…
– Un steak-frites!

– Je ne sais toujours pas si mon mari est un con ou un goujat! dit une femme à sa meilleure amie.
– Qu'a-t-il encore fait?
– Je lui ai demandé d'aller faire les courses. Comme il ne m'achète jamais de fleurs, je lui ai dit que de temps en temps, il pourrait me ramener un petit bouquet…
– Et il n'y a pas pensé…
– Si! Il a acheté un bouquet de persil!

Quel point commun y a-t-il entre une pantoufle et une femme ?
Quand elle commence à se déformer, on en enfile une nouvelle !

Quel point commun y a-t-il entre un homme et un compte en banque ?
Soit il n'a pas d'argent, soit il n'a aucuns intérêts.

Pourquoi un homme ne doit-il jamais laisser sa femme seule ?
Parce qu'elle s'apercevrait très vite qu'il ne lui sert à rien…

Quels sont les six sens de la femme ?
– Le toucher
– le goût ;
– l'ouïe ;
– l'odorat ;
– la vue ;
– et… le détecteur de salope !

Perles des assurances

« On me reproche de ne pas avoir mes codes. Sachez que je les ai depuis longtemps sinon je n'aurais pas eu le permis ! »

« Pour éviter la voiture devant, je suis rentré dans le piéton. »

« Je me dépannais tranquillement d'une panne sur le bord de la route… »

« Il m'est rentré dedans sans même me prévenir. »

« Il y a eu environ deux morts. »

« Je n’ai pas pu voir l’accident car j’ai fermé les yeux à ce moment-là. Je peux juste dire ce qui s’est passé avant et après. »

« C’était horrible à voir. Il y en avait partout. Les voitures étaient en mille morceaux. »

« Mon clignotant ne marchant pas, j’ai tendu le bras par la vitre pour dire au cycliste que je tournais. C’est alors qu’il est rentré dans mon bras. Mais ce n’était pas mon bras, c’était mon clignotant ! »

« On dit toujours que ça n’arrive qu’aux autres mais les autres c’est moi, ça n’arrive qu’à moi ! »

« Le motard a heurté un mouton. Résultat des courses : deux blessés dans le coma. »

Les dragueurs

Un type drague lourdement une fille et la saoule de paroles… Elle l'interrompt et lui demande :
– Je peux te poser une devinette ?
– Oui…
– Déterminant possessif féminin à la deuxième personne du singulier !
– Ta !
– Gueule.

– Votre visage a dû faire tourner bien des têtes !
– Et le vôtre doit retourner bien des estomacs !

Un homme de 52 ans entretient une relation virtuelle avec une jeune fille de 14 ans. Lors d'un coup de téléphone, il lui propose qu'ils se rencontrent et lui avoue en même temps son âge…
– J'ai 52 ans.
– 52 ! Eh, mais je sors pas avec les vieux, moi !

– Ne dis pas de bêtises, j'ai plus d'expérience qu'un gamin de ton âge et j'ai aussi beaucoup d'argent... Et puis 52... 14... Ce ne sont que des chiffres, non ?
– Ouais... Bah, dans ce cas, je vais t'en donner un autre de chiffre.
– Lequel ?
– Le 17 ! ! !

Un type mate une fille et son copain lui dit :
– Si tu veux sortir avec elle, je te conseille de mettre des gants !
– Ah... Elle est hypersusceptible ?
– Non, ultrachaude !

Au comptoir du bar d'une discothèque, un type drague lourdement une nana :
– Tu sais quel est le point commun entre mon cocktail et toi ? lui demande la fille.
– Non...
– Vous me saoulez !

– Tu sais que je pourrais te rendre heureuse ?
– Pourquoi, tu as l'intention de partir ?

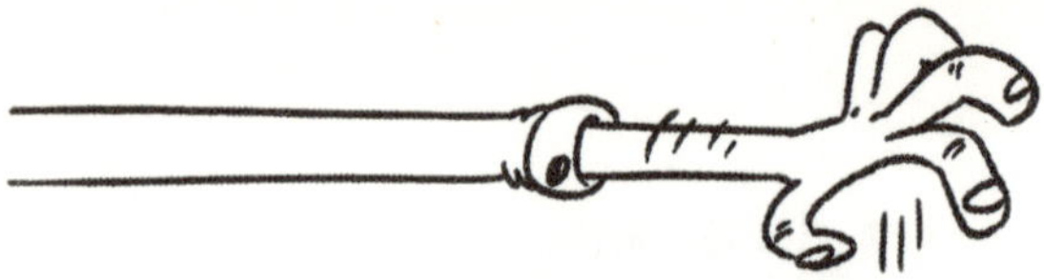

Comment emmerder le monde

Interdisez à vos enfants de décorer le sapin de Noël, dites-leur qu'ils ont des goûts de chiottes.

Dites aux gens chez qui vous êtes invité : « Désolé d'être en retard, c'est parce que je ne voulais pas venir ! »

Retirez préalablement tous les chocolats des calendriers de l'avent que vous offrez !

Versez de l'eau devant la machine à laver ou le lave-vaisselle et demandez à votre partenaire de réparer…

Demandez à un voisin de venir arroser vos plantes en plastique pendant votre absence…

Dans les transports en commun bondés, faites semblant d'être sur le point de vomir pour faire fuir les gens assis, et prenez leur place…

Quand vous recevez ou que vous êtes invité et que vous souhaitez mettre un terme à la soirée, appelez discrètement la police pour dénoncer un tapage nocturne !

Dites à votre patron : « Je ne suis pas venu travailler hier… Toutes les places de parking étaient prises, je pense qu'il devait y avoir suffisamment de monde, non ? »

Sur les réseaux sociaux, *likez* les photos des couples séparés et commentez « trop beaux les amoureux ! »

Au supermarché, au moment de quitter la caisse avec vos courses, dites à la caissière à propos de la cliente suivante qui pestait parce que vous n'alliez pas assez vite : « Je l'ai vue mettre des choses dans son sac et sous son pull… »

Atroces et bien dégueus

Une mère téléphone à son fils :
– Chéri, j'ai une très mauvaise nouvelle à t'annoncer…
– Ouais, moi aussi j'ai une mauvaise nouvelle : Sophie m'a trompé avec papa !
– Alors j'ai une excellente nouvelle à t'annoncer : j'ai écrasé Sophie avec la voiture, elle est morte !

Dans un restaurant, un serveur apporte sa soupe à un client :
– Votre doigt trempe dans ma soupe ! s'indigne ce dernier.
– Oui, cela soulage mon panaris.

– Mais enfin, pourquoi tu as couché avec elle ! demande un type à son collègue.
– Elle était nue, allongée… Je n'ai pas pu résister !
– Mais tu es fou, ça ne se fait pas !
– Mais qu'aurais-je dû faire alors ?
– Une autopsie ! C'est une autopsie que tu devais faire !

Un type noie son chagrin dans l'alcool… Un client du bar tente de lui remonter le moral :
– Ça ne va pas ? Chagrin d'amour peut-être ?
– Bof… Ce sont mes frères, il y en a un des deux qui est homosexuel…
– Cela arrive dans beaucoup de famille ! Maintenant, les homosexuels sont mieux acceptés, ils peuvent même se marier.
– Oui, mais mes frères… ils sont siamois !
– Ah…
– Ils n'ont qu'un trou du cul !

Pourquoi les spermatozoïdes ont-ils la forme de têtards ?
Parce que les grenouilles, c'est trop dur à avaler !

Grâce à quoi peut-on enlever le chewing-gum collé dans les cheveux ?
Au cancer…

Qu'est-ce qui est petit, rond, rouge qui fait : « Splitch ! » quand on l'enfonce ?
Une punaise dans l'œil.

Il/Elle dit... Il/elle pense...

Il dit : Au revoir !
Elle pense : Va-t-il m'embrasser avant de partir ?
Il voulait dire : J'y vais !

Elle dit : Au revoir !
Il pense : Je vais être peinard…
Elle voulait dire : Vais-je lui manquer ?

Il dit : Je n'ai plus de chemise propre…
Elle pense : Ras le bol de la lessive et du repassage !
Il voulait dire : Tu n'as pas fait de lessive ?

Elle dit : Je n'ai plus de chemisier propre…
Il pense : Bah… Lave-les !
Elle voulait dire : Il faut que j'en achète, je n'en ai pas assez.

Il dit : Embrasse-moi le torse.
Elle pense : Il n'aime pas ce que je lui fais ?
Il voulait dire : Et après tu me suces ?

Elle dit : Embrasse-moi les seins.
Il pense : Elle est superexcitée !
Elle voulait dire : Doucement, pas si vite !

Il dit : Tu veux que je te serve ?
Elle pense : Il fait des efforts de galanterie ?
Il voulait dire : Je prends le reste !

Elle dit : Tu veux que je te serve ?
Il pense : Ben oui, comme d'hab !
Elle voulait dire : Tu peux pas te servir, fainéant ! Et me servir de temps en temps ?

Il dit : Tu m'aimes ?
Elle pense : Pourquoi cette question ?
Il voulait dire : J'ai fait une connerie…

Elle dit : Tu m'aimes ?
Il pense : Je te l'ai déjà dit, non ?
Elle voulait dire : Dis-le-moi plus souvent !

Les plus courtes sont les meilleures

Un type raconte à un pote :
– J'ai passé une soirée de dingue, hier !
– Ah oui ? Raconte !
– Attends, j'ai pas encore fini de lire le rapport de police !

Le saviez-vous ?
Celui qui a inventé la marque DIOR HOMME ne l'a jamais lu à l'envers…

Sur un marché de province, un touriste est en émerveillement devant l'étal d'un paysan :
– Hou là là ! Comment faites-vous pour obtenir des radis aussi gros !
– C'est très simple, je sème des betteraves…

Un policier arrête un automobiliste et lui fait baisser sa vitre…

– Police nationale ! fait le policier en saluant le conducteur.

– T'avais qu'à travailler à l'école ! lui répond ce dernier.

– Tu n'aurais pas le numéro de la sorcière de Blanche-Neige ?

– Heu… Non, pour quoi faire ?

– Je crois que mon homme couche avec sa secrétaire, je voudrais acheter des pommes…

Un gars demande à sa copine :

– T'aimes bien les petites chatouilles dans le cou, comme ça ?

– Ouiiii ! J'adore !

– OK, alors je n'enlève pas l'araignée !

Un gars reproche à un pote de ne jamais se lâcher et de ne pas être naturel :

– T'es trop coincé… Mais enfin, qu'est-ce qui t'empêche d'être toi-même ?

– Le Code pénal…

Blagues coquines

Une jolie femme toque à la porte de son voisin. Ce dernier lui ouvre :

– Bonsoir… Que puis-je pour vous ?

– J'ai très envie de m'amuser, lui dit-elle.

– Ah…

– J'ai envie de boire, de faire la fête…

– Eh bien…

– Et ensuite je voudrais faire l'amour. Vous êtes libre ce soir ?

– Heu… Oui. Oui, je suis libre !

– Parfait. Vous pourriez garder mon petit chien pendant que je sors ?

Une fille très pieuse offre un cadeau à une copine blonde :

– Qu'est-ce que c'est ?

– C'est un cierge. Tu te plains toujours de ne pas trouver un homme qui partagerait ta vie, alors je vais prier pour que ce cierge puisse t'aider…

– Oh, c'est gentil, merci !

Quelques jours plus tard…

– Alors, mon cierge t'a-t-il permis de trouver un homme ? s'empresse de demander l'amie de la blonde.
– Non, mais tu avais raison : ça m'aide ! Avec lui, je n'ai plus besoin de trouver un mec !

Quel point commun y a-t-il entre un acteur porno et le métro ?
Tout le monde lui attrape la barre.

Quel point commun y a-t-il entre un cunnilingus et le poulet rôti ?
C'est meilleur mangé avec les doigts.

– À mon avis, dans une autre vie, je devais être une chaise ou un fauteuil : dit soudainement un type à un copain.
– Ah ? Pourquoi dis-tu ça ?
– Je ne pense qu'au cul...

Quelle différence y a-t-il entre la signature d'un dessinateur et celle d'un acteur porno ?
L'un signe au feutre, l'autre au foutre.

Mots d'esprit

« Si voter changeait quelque chose, il y a longtemps que ce serait interdit ! »

Coluche

« S'endormir au volant, c'est très dangereux. S'endormir à vélo, c'est très rare. S'endormir à pied, c'est très con. »

Philippe Geluck

« C'est en apprenant le montant de la pension qu'elle me demande, que je m'aperçois que les seules fois où elle ne m'a pas menti c'est quand elle m'appelait : "Mon trésor". »

Patrick Sébastien

« On a beau avoir une santé de fer, on finit toujours par rouiller. »

Jacques Prévert

« Si ce sont les meilleurs qui partent les premiers ; que penser alors des éjaculateurs précoces ? »

Pierre Desproges

« Elle respire la vertu, mais elle est vite essoufflée… »

Georges Feydeau

« Je ne parle pas aux cons, ça les instruit. »

Michel Audiard

« On ne prête qu'aux riches, et on a bien raison, parce que les autres remboursent difficilement. »

Tristan Bernard

« J'ai pris un cours de lecture rapide et j'ai pu lire *Guerre et Paix* en 20 minutes. Ça parle de la Russie. »

Woody Allen

« La hausse du prix du pétrole entraîne des inquiétudes chez les handicapés moteurs. »

Coluche

Blagues à papa

– Tu voudrais une blague sur Niagara ?
– Oui…
– Mais je dois m’en aller…

Pourquoi les éléphants s’enfuient-ils quand on les prend en photo ?
Parce qu’on leur dit : « Souris ! »

Qu’est-ce qui finit par « molle » et commence par « couille » ?
Couille molle !

Dans un asile, des fous essayent de taper dans leur main sans y parvenir… Soudain, l’un d’eux y parvient ! Et tous les autres l’applaudissent !

Une fille à une amie :
– On a volé mon sac !
– Ah merde…
– Non, à main !

Pourquoi ça ne sert à rien d'y aller par quatre chemins ?
Parce que c'est quatre fois plus long…

Quel est le comble du cordonnier ?
C'est d'avoir un coup de pompe.

Un couteau demande à une timbale :
– Je m'acier ou je métal ?
– Étain et d'or !

Où Harry Potter peut-il trouver un nouveau balai ?
Chez Carglass, un balai offert pour toute réparation ou remplacement de votre pare-brise !

L'abus d'alcool est dangereux pour la santé

Quel point commun y a-t-il entre un poisson et un alcoolique ?
Le meilleur appât, c'est le ver (re) !

Que signifie ne pas faire les choses à moitié pour un alcoolique ?
Une pinte ! Jamais de demi.

Quel est le point commun entre une personne qui a la Covid-19 et un alcoolique ?
Ils sont tous les deux positifs ! L'un au test PCR, l'autre à l'éthylotest ...

Un alcoolique se confie à son voisin de comptoir :
– Quand, à la fermeture, je rentre chez moi, je me fais une grande tisane ! C'est une infusion antistress et détox. Je fais chauffer l'eau à 90 °C, puis je laisse infuser pendant sept minutes...

– Et au bout de ces sept minutes ?
– Je bois un whisky.

Un type complètement bourré commande un autre verre au barman :
– Allez, un autre !
– Non, je ne te sers plus, tu as trop bu.
– Quoi ! ? Mais qu'est-ce... qu'est-ce que tu dis ? J'ai pas trop bu, moi !
– Si, désolé.
– Tiens ! Tu vois l'chien qui rentre dans le bar ? Eh bien, la preuve que j'ai pas trop bu : d'ici, j'peux te dire qu'il n'a qu'un seul œil ! Tu vois, j'ai pas trop bu !
– Oui, je vois le chien. Mais ce n'est pas son œil que tu vois, car il n'entre pas du bar, il en sort...

Quel point commun y a-t-il entre une imprimante et une alcoolique ?
Elles sont souvent bourrées...

En quoi les alcooliques ne voudraient-ils surtout pas être réincarnés ?
En Playmobil, car ils n'auraient plus de coudes...

C'est comme…

Je suis fartigué, c'est comme fatigué, mais il est clair que ça se voit de loin…

——

Je suis avec un gras du corps. C'est comme un garde du corps, mais lui ne protège que mes abdominaux…

——

J'ai un corps d'arblète. C'est comme un corps d'athlète, mais entre l'ablette et l'arbalète…

——

J'ai un cœur de bière. C'est comme un cœur de pierre, mais bien imbibé…

——

Je suis attachiant. En fait, c'est pas du tout comme attachant… Je suis juste tellement chiant qu'il faut m'attacher !

——

C'est le bardel ! C'est comme le bordel, mais avec des verres et des bouteilles partout…

Je vais parler en toute humidité. C'est comme humilité, mais là, je transpire trop…

Je suis au bout du goulot. C'est comme au bout du rouleau, mais parce que je n'ai plus rien à picoler…

Je suis Eklatë ! C'est comme la gueule de bois, mais après avoir essayé de monter un meuble Ikea.

Je suis puduque. C'est comme pudique, je n'ose pas montrer mes fesses parce qu'elles ne sentent pas la rose…

J'ai très envie d'un culin. C'est comme un câlin, mais ça se termine par une partie de cul…

Devinettes

Qu'est-ce qui peut être servi mais jamais mangé ?
Une balle de tennis.

Quel avantage y a-t-il à avoir un gros cul ?
Où que l'on s'assoit, c'est confortable…

Comment faire croire que l'on a un ventre plat ?
En se faisant tatouer un nombril dans le dos !

Quelle est la voiture préférée des gros ?
Le *food truck* !

Quel est le prénom de tous ceux que l'on déteste ?
« L'autre. »

Quelles sont les trois choses qui font le plus grossir ?
La balance, le frigo et le miroir !

Que signifie « Tu as l'air fatigué » ?
« Tu as une sale gueule ! »

Quel point commun y a-t-il entre une amie et un pigeon ?
Tu l'aides à prendre son envol et après elle te chie dessus !

Comment se venger d'un homme qui vous quitte pour une fille plus jeune ?
En épousant le père de cette fille, pour devenir la belle-mère de votre ex !

Quand devient-il normal de renifler un cul humain ?
Quand on devient parent…

Idées à la con pour redresser la France

Économie
Supprimer de manière définitive et irréversible toutes les dettes des particuliers et des entreprises. Tout le monde a le droit à une seconde chance et l'Économie repartirait ainsi sur des bases saines et solides.

Réforme des institutions
Élire les deux candidats arrivant en tête du premier tour de l'élection présidentielle présidents de la République, et leur laisser former chacun un gouvernement. Les gouvernements travailleraient alors séparément et chacun choisirait, pour chaque loi et mesures prises, celle qu'il veut voir appliquer.

Économie
Remplacer la vente du traditionnel calendrier de La Poste par celle, au profit de l'État, d'un calendrier des ministres réalisé selon le même modèle que celui des rugbymen…

Renouvellement du paysage politique
Nommer Geneviève de Fontenay ministre de l'Éducation nationale, du *made in France* et des vaches laitières, nommer Cyril Hanouna président de l'Assemblée nationale et remplacer les députés par ses chroniqueurs.

Transports
Transférer les budgets affectés à l'entretien des réseaux routiers à la recherche sur la téléportation.

Lutte contre la pauvreté
Abaisser le seuil de pauvreté pour diminuer le nombre de pauvres.

Réforme de l'orthographe
Supprimer les lettres inutiles de l'alphabet. Par exemple, le « c » serait remplacé par le « s » ou « ss », le « w » par le « v », le « y » par le « i ».

Drôles de couples

Une femme souhaite quitter son mari :
– Ça ne peut plus continuer comme ça, tu es complètement immature !
– Pfff ! Méchante !

Dans la rue, une femme surprend son mari en train de marcher main dans la main avec une autre femme :
– Espèce de salaud ! J'espère que tu as une explication !
Le mari se met à balbutier :
– Oui, je… J'ai… J'ai oublié de te quitter…

Un homme se réveille et demande à sa femme qui est à ses côtés :
– Tu as rêvé de moi, mon amour ?
– Non, ça va, j'ai bien dormi…

Un homme qui travaille depuis peu dans une fabrique de cornichons confie un jour son fantasme à sa femme :
– Des fois, avoue-t-il, j'ai une terrible envie de mettre mon sexe dans la découpeuse de cornichons.
– Hein ! Tu es fou ? Surtout ne fais jamais ça !
Quelques semaines plus tard, le mari rentre chez lui après une journée de travail et sa femme remarque tout de suite que quelque chose ne va pas :
– Que se passe-t-il ? lui demande-t-elle.
– Tu te souviens du fantasme dont je t'ai parlé ?
– Oui. Ne me dis pas que…
– Si, je l'ai fait.
– Oh, mon Dieu ! Et tu vas bien ?
– Non, j'ai été viré.
– Oui, mais je voulais dire avec la découpeuse, comment ça s'est passé ?
– Elle aussi a été virée…

– Chez moi, c'est le chat qui commande ! confie un homme à un ami.
– J'aurais plutôt pensé que c'était ta femme…
– Oui, mais comme c'est le chat qui commande ma femme…

Insultes à la con

Fesses molles et idées plates ! Et inversement !

Perte blanche !

Sous-développé !

Mange-crottes !

Bouge de temps en temps si tu ne veux pas que l'on t'arrose comme une plante en pot !

Tu es le genre de personne à appuyer plus fort sur les touches de la télécommande lorsqu'il n'y a plus de piles, non ?

Tu as été bercé trop près du mur, non ?

Décérébré !

Toi, pour stationner sur une place réservée aux handicapés, tu n'as pas besoin de carte, tu mets ta photo sur le tableau de bord !

Balloches pourries !

Décolorée du cerveau !

Pire qu'un con, t'es un médiocre !

Tordu !

Détraqué de la cervelle !

Trop blondes

Une jeune femme s'étonne que son amie blonde ait encore pris du poids :
– Tu as encore beaucoup grossi, non ?
– Oui, pourtant je suis les conseils du docteur...
– Quels sont ces conseils ?
– Il m'a demandé de ne plus grignoter entre les repas.
– Oui, ce n'est jamais bon. Et tu grignotes plus donc ?
– Non, je ne grignote plus, je m'applique à manger entre les repas.

Un groupe de filles parle de sexualité. L'une d'entre elles demande à une blonde :
– Et toi ? Quelles sont tes orientations sexuelles ?
– Peu importe ! Verticale, horizontale...

Une nana demande à sa copine blonde :
– Ton mec et toi faites quelque chose pour la Saint-Valentin ?
– Bah... Non, il s'appelle Kevin !

Une blonde est invitée pour la première fois chez ses beaux-parents. Dès son arrivée, la blonde dit aux parents de son mec :
– Je vous présente Tom, mon crush.
Et le gars dit alors à ses parents :
– Je vous présente Sophie, ma cruche…

Quel point commun y a-t-il entre une blonde et le mois d'août ?
C'est chaud !

Une blonde s'apprête à passer un entretien d'embauche.
– Tu te rappelles ce que tu dois faire pour ne pas dire de bêtises devant le DRH ? lui demande sa meilleure amie.
– Oui, je dois tourner sept fois ma langue dans sa bouche avant de parler !

Une brune dit à une blonde :
– Moi, quand je bois du café, je n'arrive pas à dormir !
– Oh là là ! C'est exactement comme moi ! Quand je dors, je n'arrive pas à boire du café !

Blagues à Toto

Toto arrive pour la énième fois en retard à l'école :
– J'espère que tu as une bonne excuse, Toto !
– Oui, ma mère voulait écraser un moustique. À chaque fois qu'elle frappait, il s'envolait ! Ça a duré une heure !
– Et alors ? Quel rapport y a-t-il avec ton retard, Toto ?
– C'était avec ma chaussure…

Toto observe deux adolescents en train de s'embrasser :
– Qu'est-ce que tu regardes ? lui demande sa maman qui a remarqué que Toto était intrigué.
– Le garçon, là-bas ! Il essaye de piquer le chewing-gum de la fille !

La maîtresse a organisé une sortie en forêt avec ses élèves. Le temps étant froid et pluvieux, chacun a dû amener des gants et une paire de bottes. Au moment de chausser les siennes, Toto appelle sa maîtresse :
– M'dame ! Vous pouvez m'aider à mettre mes bottes ?
– Oui, Toto…

La maîtresse tente avec toute la peine du monde de les lui enfiler et, lorsqu'elle y parvient enfin, Toto lui dit :
– Maîtresse, elles sont à l'envers…
La maîtresse tire de toutes ses forces pour parvenir à les retirer, puis galère de nouveau pour les réenfiler. Lorsqu'elle y arrive, Toto lui annonce alors :
– Heu… Maîtresse, c'est pas mes bottes…
Et la maîtresse, en sueur, tire à nouveau de toutes ses forces pour parvenir à retirer les bottes. Elle s'empare ensuite des bonnes mais… c'est encore avec plus de peine, de difficultés et d'efforts qu'elle finit par les lui enfiler !
– Et voilà ! Enfin ! fait-elle soulagée. Maintenant, tu peux mettre tes gants, dit-elle à Toto.
– Je les avais mis au fond de mes bottes, maîtresse…

Toto et sa maman prennent le bus. Ils s'assoient côte à côte et la maman demande à Toto :
– Imagine qu'il n'y a plus de places assises dans le bus et qu'une très vieille dame monte… Qu'est-ce que tu fais ?
Et Toto lui répond :
– Ben… Je crie : « C'est complet ! »

Les répliques de ciné

– Si tu connaissais les chevaux comme tu connais les hommes, le quarté de demain ce serait dans la poche.
– Seulement voilà, j'ai pas couché avec des chevaux !
Les Ripoux (1984) de Claude Zidi avec Philippe Noiret, Thierry Lhermitte, Régine

---

– J'ai commencé dans une école de cuisine très sélecte mais ils m'ont renvoyé parce que j'avais brûlé quelque chose.
– Vous aviez brûlé quoi ?
– L'école.
Chobizenesse (1975) de Jean Yanne avec Jean Yanne, Robert Hirsch

---

« Vous avez le vin petit et la cuite mesquine, dans le fond vous ne méritez pas de boire ! »
Un singe en hiver (1962) d'Henri Verneuil avec Jean-Paul Belmondo, Jean Gabin

---

– Hé, François ! Si tu passes devant une pharmacie, prends-moi des anti-inflammatoires.
– Ouais… Et si je passe devant une morgue, je t'enverrai une équipe sympa, j'te promets !
Marche à l'ombre (1984) de Michel Blanc avec Gérard Lanvin, Michel Blanc

---

– On a les flics au cul !
– Qu'est-ce que tu lui as fait à ton cul pour qu'on lui coure après ?
La Smala (1984) de Jean-Loup Hubert avec Josiane Balasko, Victor Lanoux

---

– Qu'est-ce qu'il a dans le dos ? On dirait la reproduction d'un Modigliani !
– Est-ce que j'ai une tête à avoir une reproduction ?
Le Tatoué (1968) de Denys de La Patellière avec Jean Gabin, Louis de Funès

---

« *Halt ! Groupir !* Il faut rester *groupir* ! »
On a retrouvé la Septième Compagnie (1975) de Robert Lamoureux avec Jean Lefebvre, Pierre Mondy, Robert Lamoureux

---

Humour noir

Une femme se désespère en regardant son grand adolescent de fils faire le con :
– Franchement, il ne nous ressemble pas du tout ! dit-elle à son mari.
Celui-ci avoue alors :
– Tu te souviens quand, à la maternité, tu m'as demandé de le changer parce qu'il avait fait caca ? Ben... Je l'ai fait.

Quelle différence y a-t-il entre un enfant riche et un enfant pauvre ?
Une vingtaine de kilos...

Un juge interroge un prévenu :
– Expliquez les circonstances de vos actes.
– Eh bien... Les zombies arrivaient de partout ! J'avais peur, alors j'ai sorti ma carabine et je les ai flingués...

– Vous ne vous êtes posé aucune question ?
– Au début, non. Mais quand la cinquième vague de zombies a sonné à ma porte, je me suis demandé pourquoi ils voulaient tous des bonbons…

Pourquoi l'affaire du petit Grégory refait-elle souvent surface… et pas le petit Grégory ?

Une maman prépare le goûter de sa fille :
– Tu veux quoi dans ta crêpe, de la confiture ?
– Oui !
– De la confiture de mamie ?
– Y a quoi dans la confiture de mamie ?
– Ben… Mamie !

Comment sortir un bébé d'un mixer ?
Avec une paille.

Une petite fille à sa maman :
– Est-ce que je peux faire un château de sable avec papi ?
– Oui ma chérie, mais remets bien tout dans l'urne après !

Les belles-mères

Un type demande à son collègue :
– Tu l'aimes ta belle-mère, toi ?
– Oui, profondément !
– Ah… Et jusqu'à quel point ?
– Jusqu'à six pieds sous terre.

———

– On a fêté les 80 ans de ma belle-mère ce week-end ! annonce un gars à son collègue de travail.
– Vous vous êtes bien amusés ?
– Oui, impec ! En revanche, je crois que mon cadeau ne lui a pas plus, elle a fait la gueule toute la journée !
– Que lui as-tu offert ?
– 80 balais…

———

Lors d'un réveillon, un homme est assis à côté de sa belle-mère. Sa femme qui est dans la cuisine demande :
– Quelqu'un sait où est la dinde ?
– À côté de moi ! répond son mari…

———

Un homme se rend à l'anniversaire de sa belle-mère, mais ne lui offre aucun cadeau. La belle-mère le lui fait remarquer…
– Eh bien, mon gendre, vous ne m'offrez rien cette année ? Vous avez pourtant toujours des cadeaux très originaux… L'année dernière, par exemple, vous m'aviez offert une concession funéraire !
– Oui, c'est vrai, belle-maman. Et je dois vous avouer que je suis très vexé que vous ne vous soyez pas encore servi de mon cadeau !

Une femme téléphone à sa belle-mère :
– Dites-moi, quand un enfant fait caca… Qui doit le changer et le nettoyer ? La mère ou le père ?
– Je vous l'ai déjà dit mille fois, c'est le rôle de la mère ! rétorque sa belle-mère.
– Alors dépêchez-vous de venir, votre fils est bourré et s'est chié dessus !!!

Un gars sort acheter un paquet de cigarettes pour sa belle-mère. Le buraliste lui donne un paquet sur lequel est inscrit « Fumer rend impuissant ».
– Vous n'auriez pas plutôt un « Fumer tue » ? lui demande le client.

Perles de coiffeurs

Les clients en font voir de toutes les couleurs aux coiffeurs !

– Les Noirs aussi ont des cheveux blancs ?

Une cliente qui n'a pas la main verte...

– J'ai les cheveux qui bêchent.

– Les cheveux rêches ?

– Non, qui… « bêchent » ?

– Vos cheveux font des fourches !

– Oui !

Un footeux souhaite abandonner sa coupe de joueur des pays de l'Est : cheveux très courts sur les côtés avec une longue mèche de cheveux derrière...

– Vous pouvez me couper ma petite queue ? Elle ne sert à rien…

Faut-il être manchot pour ne pas savoir enfiler un peignoir ?

– Les manches de vos peignoirs sont trop courtes !

– Ou peut-être que vous avez les bras trop longs…
– Ou que ce n’est pas ma taille!
– Ou que vous avez enfilé celui réservé aux enfants! Ah bah oui, c’est ça…

Un grand classique au moment d’enfiler le peignoir…
– Je ne trouve pas le trou…
– Je vais vous aider.
– Ça y est, je suis dedans!

Et encore un autre:
– Vous pouvez m’enfiler…
– …!
– … le peignoir.

Les questions qui laissent sans voix méritent-elles une réponse?
– J’ai des migraines terribles! Ça se peut d’avoir des cheveux qui poussent à l’envers?

Une requête originale pour une coupe qui le sera tout autant:
– Couper le côté gauche un peu plus court que le droit, je trouve que j’ai les cheveux qui poussent plus vite de ce côté que de l’autre!

La ronde des métiers

Caissière

À la caisse d'un supermarché, un homme sort son chéquier pour payer :

– Nous n'acceptons plus les chèques ! prévient la caissière.

– Je suis désolé, répond le client, mais on m'a volé ma carte bleue…

– Ah…, fait la caissière compatissante. Et vous avez bien signalé son vol ?

– Non, et je n'y compte pas : le voleur dépense moins que ma femme !

Militaire

Un chef passe sa troupe de militaires en revue :

– Soldat Duverger !

– Oui chef !

– Où étiez-vous durant l'exercice de camouflage ? Je ne vous y ai pas vu !

– Merci, chef !

Président de tribunal

Le président du tribunal annonce le verdict à l'accusé :
– Monsieur, aucune preuve n'ayant pu être apportée concernant l'accusation de polygamie, le tribunal a décidé de vous acquitter. Vous pouvez donc retourner vivre avec votre femme…
– Laquelle, votre honneur ?

Chasseur

Deux chasseurs se rendent en forêt pour essayer un fusil de tireur d'élite avec une lunette de vue à très longue portée :
– C'est incroyable, fait le propriétaire du fusil tout en essayant ce dernier, je vois à des centaines de mètres, jusque chez moi !
– Fais voir ! Passe-moi le fusil !
Le copain s'empare de l'arme et regarde à son tour dans la lunette.
– C'est dingue ! Oui, on voit superbien ta maison et même l'intérieur, par la fenêtre ! Ah mais… Il y a un homme nu chez toi ! ?
– Hein ! ? Tire-lui sur la bite !
– J'peux pas, je risque de niquer les dents de ta femme !

Toc toc toc

– Toc toc toc !
– Qui est là ?
– Laeti'…
– Laeti' qui ?
– Laeti'léphone pleure quand elle ne vient pas, quand je lui crie : « Je t'aime », les mots se meurent dans l'écouteur, le téléphone pleure…
(« Le téléphone pleure » – Claude François)

– Toc toc toc !
– Qui est là ?
– Adam, Léonard…
– Adam, Léonard qui ?
– Adam Léonard, derrière le brouillard, j'entends ce piano chanter. Chanter l'espoir, l'envie de croire, qu'on peut tout réinventer.
(« Derrière le brouillard » – Grand Corps Malade et Louane)

– Toc toc toc !
– Qui est là ?
– Maguy, Sarah, Lucienne, Medhi…
– Maguy, Sarah, Lucienne, Medhi qui ?
– Maguy Sarah Lucienne, Medhi'téranéenne, ô Sainte-Marie que j'aime, y a danger pour l'étranger…
(« Méditerranéenne » – Hervé Villard)

– Toc toc toc !
– Qui est là ?
– Nono, Nono, Hassan…
– Nono, Nono, Hassan qui ?
– Nono, Nono, Hassan fout de vous. Vous pouvez prendre tout. Tant qu'on est tendre nous.
(« Nous » – Julien Doré)

– Toc toc toc !
– Qui est là ?
– Jean, Aymard…
– Jean, Aymard qui ?
– Jean Aymard d'attendre derrière cette porte !

Ces chères têtes blondes

Un petit garçon de 5 ans demande à sa sœur de 8 ans :
– Tu sais comment on fait les bébés ?
– Oui, le papa il met une graine dans le ventre de la maman.
– Et après ?
– Après, il la pousse bien au fond avec sa bite !

Une jeune fille annonce à son père :
– Aujourd'hui, j'ai eu mon premier 18 !
– Très bien. Et en quoi ?
– En bouche.

Une femme revient de la maternité avec son bébé. Pour le couple et leur nourrisson, c'est leur première nuit à trois à la maison. À 2 heures du matin, le bébé se met à pleurer :
– Tu te lèves donner le biberon ? demande-t-elle à son mari.

– Je préfère me réserver pour le prochain, si ça ne te dérange pas, lui répond son mari.
– D'accord, j'y vais…
La maman se lève, donne le biberon puis se recouche.
À 4 heures du matin, le bébé pleure de nouveau.
– Tu y vas ? demande-t-elle au papa.
– Hein ?
– Tu as dit que tu te réservais pour le suivant.
– Oui, mais je parlais du prochain bébé !

Assis à l'arrière d'un taxi parisien, un enfant demande à son père :
– Dis papa, c'est quoi toutes ces femmes qui attendent sur le trottoir ?
– Eh bien… Elles attendent leurs maris qui sont partis au travail ! baratine le père.
Le chauffeur de taxi s'immisce dans la conversation et déclare au gamin :
– Ton père te raconte n'importe quoi ! Ces filles, ce sont des putes !
Le gamin se tourne vers son père et lui demande :
– C'est quoi des putes ?
– Ce sont des dames qui ont plein de maris…
– Alors elles doivent avoir beaucoup d'enfants ! Qu'est-ce qu'elles font de tous leurs enfants ?
Et le père répond, l'air satisfait :
– Elles en font des chauffeurs de taxi !!!

Toc toc toc

– Toc toc toc !
– Qui est là ?
– Édith et René…
– Édith et René qui ?
– Édith et René ! Aux îles d'or ensoleillées, aux rivages sans nuages, au ciel enchanté…
(« Méditerranée » – Tino Rossi)

– Toc toc toc !
– Qui est là ?
– C'est un chanteur : Alban…
– C'est un chanteur : Alban qui ?
– C'est un chanteur Alban'donné, qui a vécu sans se retourner, sûr que le blues est inventé pour lui, cette nuit […] Abandonné, oui abandonné !
(« Le chanteur abandonné » – Johnny Hallyday)

– Toc toc toc !
– Qui est là ?

– Ben…
– Ben qui ?
– Ben… Ouvre !

– Toc toc toc !
– Qui est là ?
– Ernest…
– Ernest qui ?
– Ernest, je te le laisse, oh-oh. Le reste, je te le laisse, oh-oh.
(« Le reste » – Clara Luciani)

– Toc toc toc !
– Qui est là ?
– Dan, Laure, Cora, Elia…
– Dan, Laure, Cora, Elia qui ?
– Dan Laure Cora Elia des cactus, dans leur portefeuille, il y a des cactus, sous leurs pieds, il y a des cactus, dans l'heure qu'il est, il y a des cactus… Aïe ! aïe ! aïe ! Ouille ! ouille ! ouille ! Aïe !…
(« Les cactus » – Jacques Dutronc)

Les plus courtes sont les meilleures

– Toi, tu t'es élevé à la force du poignet !
– Tu trouves ?
– Oui, t'es qu'un branleur !

– Tu sais danser ? demande une fille à un gars.
– Ouais, je fais superbien le *walkmoon*, lui répond-il.
– C'est quoi ça ?
– C'est le *moonwalk* à l'envers.
– Ah OK, tu sais marcher donc...
– Voilà.

– J'ai 40 ans, je crois que je viens d'éviter mon premier divorce ! dit une femme à une amie.
– Mais tu es toujours célibataire !
– C'est ce que je viens de dire...

Un policier demande à un automobiliste de se garer sur le bas-côté :
– Bonjour, contrôle de police !
– Roooxanne ! *You don't have to put on the red liiight* !

Une femme observe une vache couchée dans un champ :
– J'aimerais avoir la tranquillité de cette vache ! avoue-t-elle à son mari.
– Tu as déjà son corps…

– Sur toutes tes photos on voit le massif central.
– Comment ça ?
– C'est bien toi, le gros au milieu ?

Quel est le comble du malheur ?
C'est de se jeter à l'eau pour noyer son chagrin.

Un gars téléphone à une fille :
– Attention, ça va couper ! prévient-elle.
– Tu n'as plus de batterie ?
– Non, tu m'emmerdes…

Hommes et femmes en blanc

Une blonde qui ne se sent pas très bien se rend chez son médecin…
– J'suis fatiguée… Je me traîne… Qu'est-ce que j'ai, docteur ?
– Oh, rien de bien méchant, mais vous couvez certainement quelque chose.
– Oups ! fait la blonde en se levant soudainement pour regarder sur sa chaise…

Un homme se rend dans une pharmacie.
– Auriez-vous un sirop pour la toux ? C'est pour ma femme…
– Est-ce qu'elle est grasse ? lui demande la pharmacienne.
– Euh… Elle est comme vous…

Un docteur demande à sa patiente :
– C'était la première fois que l'on vous faisait un test PCR ?

– Oui, comment le savez-vous ?
– Juste une intuition... Vous pouvez vous rhabiller maintenant.

Un vétérinaire oscule un vieux bouc qui appartient à une très vieille dame qui vit seule et isolée en montagne.
– Votre bouc a attrapé froid ! lui dit le vétérinaire. Il est vieux et maintenant il faudrait pouvoir le garder au chaud...
La vieille femme réfléchit un instant et répond :
– Je ne sais pas comment faire, à part le laisser dans la maison pour qu'il puisse se chauffer près de la cheminée...
– Oui mais la nuit, lorsque la cheminée est éteinte, il va avoir trop froid ? s'inquiète le véto.
– Dans ce cas, il n'aura qu'à dormir sur mon lit ! concède la veille dame.
– Et l'odeur ? dit le vétérinaire. Vous avez pensé à l'odeur ?
– Bah... Il n'aura qu'à s'habituer !

Mots d'esprit

« Le mot infarctus est le seul mot irrégulier de la langue française. On dit : un infarctus, des obsèques. »

Francis Blanche

« Je n'oublie jamais un visage, mais pour vous je ferai une exception. »

Groucho Marx

« Si vous mettez le pied sur une vipère, vous risquez une mort sûre. »

Albert Brie

« Les femmes adorent qu'on leur apporte des fleurs et qu'on leur dise qu'elles sont belles. Le plus difficile, c'est de ne pas rire. »

Olivier de Kersauson

« Placez votre main sur un poêle une minute et ça vous semble durer une heure. Asseyez-vous auprès d'une jolie fille une heure et ça vous semble durer une minute. C'est ça, la relativité ! »

Albert Einstein

« Il y aurait plusieurs façons d'être con, mais le con choisit toujours la pire. »

Frédéric Dard

« Oh ! L'éternel féminin, comme disait le monsieur dont la femme n'en finissait pas de mourir. »

Alphonse Allais

« De toutes les aberrations sexuelles, la pire est la chasteté. »

Anatole France

« Je vais faire 30 cocus d'un coup : je vais coucher avec ma femme. »

Ancelot

Le troisième âge

Petit dialogue nocturne d'un vieux couple toujours amoureux :
– Tu ronfles !
– Tu m'emmerdes !

Quel est le problème avec la jeunesse d'aujourd'hui ?

Quel est le problème avec la jeunesse d'aujourd'hui ?
C'est de ne plus en faire partie…

Un vieux monsieur est allongé sur son lit de mort. Autour de lui, ses quatre enfants se mettent à parler de l'enterrement… Ils sont unanimes pour offrir à leur père une cérémonie de première classe. Mais la discussion avançant, l'enterrement de première classe se transforme en deuxième puis troisième classe et, à force de discussion, les enfants se mettent d'accord pour la fosse commune. Le papi se dresse alors sur son lit et hurle :
– Si vous voulez, je peux aussi y aller à pied !

Un couple de personnes âgées fait l'amour :
– Oh, dis-moi des cochonneries ! demande la vieille dame à son vieux mari.
– J'ai encore chié dans le lit !

Trois papis discutent sur un banc :
– Depuis que je suis à la retraite, dis le premier, je jardine…
– Moi, poursuit le deuxième, depuis que je suis à la retraite, je fais de la peinture…
– Et moi, conclut le troisième, depuis que je suis à la retraite, je fais de la recherche.
– Ah bon ? font les deux autres étonnés. Et qu'est-ce que tu cherches ?
– Je cherche mes lunettes, je cherche mes clés, je cherche la télécommande, je cherche mon dentier, je cherche…

Pourquoi faire l'amour après 60 ans est beaucoup plus excitant ?
Parce qu'on ne sait jamais si on va avoir un orgasme, une crampe ou une crise cardiaque !

Les dragueurs

Une femme dîne avec un homme et lui avoue :
– Si j'ai accepté de sortir avec toi, c'est parce que de tous tes collègues qui travaillaient sur le chantier, tu es le seul à ne pas m'avoir sifflée !
– Exact, je ne t'ai pas sifflée.
– J'ai trouvé ça hyperrespectueux.
– Je ne sais pas siffler…

Une femme à un homme :
– Tu as un corps de rêve !
– C'est sympa, merci.
– Tu es superbien gaulé, mais juste dans mes rêves…

Pourquoi les hommes sont-ils aussi lourds quand ils draguent une fille ?
Parce qu'ils tentent le tout pour le trou…

Une fille à un mec trop timide :
– Tu connais la différence entre toi et Cupidon ?
– Non…
– T'es pas une flèche !

Une fille envoie balader un mec qui la colle :
– Barre-toi, t'es qu'un boulet !
– C'est parce que je suis attiré par les canons…
– Alors tire-toi ailleurs !

– Je peux avoir ton nom ?
– Pourquoi, tu n'en as pas ?

Un homme et une femme font connaissance. L'homme demande :
– Quel genre de personne es-tu ? Es-tu généreuse, par exemple ?
– Oui, j'ai le cœur sur la main… Et toi ?
– J'ai plutôt le cul sous la main…

Monsieur et Madame...

Monsieur et Madame **Husse** ont une fille.
Comment l'appellent-ils ?
Emma (Emaüs)

Monsieur et Madame **Teuba-Hentrai** ont une fille.
Comment l'appellent-ils ?
Edma (Aide ma teube à entrer)

Monsieur et Madame **Masse** ont une fille.
Comment l'appellent-ils ?
Laly (La limace)

Monsieur et Madame **Hégé** n'ont pas de fils…
Comment auraient-ils dû l'appeler ?
Yves (IVG)

Monsieur et Madame **Baskettelles-Sonhou** ont une fille.
Comment l'appellent-ils ?
Aimée (Et mes baskets, elles sont où ?)

Monsieur et Madame **Blaireur** ont un fils.
Comment l'appellent-ils ?
Terry (Terrible erreur)

Monsieur et Madame **Aifor** ont un fils.
Comment l'appellent-ils ?
Jeff (J'ai fait fort)

Monsieur et Madame **Avudotre** ont deux filles.
Comment les appellent-ils ?
Ella, Nadège (Elle en a déjà vu d'autres)

Monsieur et Madame **Dékonery** ont une fille et un fils.
Comment les appellent-ils ?
Ella, Dick (Elle a dit que des conneries)

Devinettes

Qui persiste à croire que vous avez de l'amour, de l'argent et du travail ?
Votre horoscope !

Sur quelle machine ne parvient-on pas à perdre du poids à la salle de sport ?
Au distributeur automatique de sucreries…

Quand un enfant s'adresse à son père pour lui dire : « Je veux maman », que cela signifie-t-il ?
Je veux m'adresser à votre supérieur !

Quelles sont les deux fêtes où l'on fait sauter ?
La chandeleur et la Saint-Valentin…

Pourquoi ne faut-il pas supprimer de ses contacts téléphoniques les personnes que l'on n'aime pas ?
Pour être certain de ne pas leur répondre s'ils appellent !

Quelle est la phrase la plus dangereuse ?
« Allez, après tout, on n'a qu'une vie ! »

Quand parvient-on à faire un mois de ménage en 10 minutes ?
Juste avant une visite imprévue…

Qu'est-ce que la téléportation quand on est petit ?
C'est s'endormir sur le canapé et se réveiller dans son lit…

Qu'est-ce qui fait le plus grossir lors des fêtes de fin d'année ?
C'est de manger les restes pendant 10 jours !

Les répliques de ciné

– Faut pas faire attention, Théo est une brute née de la guerre.
– En langage clinique, on appelle ça un paranoïaque, en langage militaire un brigadier.
Un taxi pour Tobrouk (1960) de Denys de La Patellière avec Lino Ventura, Charles Aznavour, Maurice Biraud, Germán Cobos, Hardy Krüger

– On peut savoir comment tu fais ?
– Pour quoi faire ?
– Ben, pour avoir autant de pognon par exemple ?
– J'ai beaucoup de poches !
Tenue de soirée (1985) de Bernard Blier avec Gérard Depardieu, Michel Blanc, Miou-Miou

– Je raccompagne ce petit jeune homme.
– Ne vous donnez pas cette peine, je connais le chemin.
– Oui, ben… Il faudrait voir à l'oublier !

– Soit ! Les manières y gagneront ce que l'amitié y perdra.
– Ben, c'est ça, on s'aimera moins !
Les Tontons flingueurs (1963) de Georges Lautner avec Lino Ventura, Bernard Blier, Francis Blanche, Claude Rich, Jean Lefebvre, Jacques Dumesnil

---

« Salaud, anarchiste, mauvais Français. Regarde-moi le mignon avec sa face et sa viande grise. Et la guenon, la gélatine de Saindoux, la poitrine et les trois mentons qui déballent sur la brioche. Cinquante ans tous les deux. Cent ans de conneries... Qu'est-ce que vous êtes venu faire sur Terre, vous avez pas honte d'exister !... Affreux, je vous chasse de ma mémoire, je vous balaie ! »
La Traversée de Paris (1956) de Claude Autant-Lara avec Jean Gabin, Bourvil, Louis de Funès

---

– Votre colin, avec ou sans patates ?
– CENT PATATES !!!
Les Trois Frères (1995) de Didier Bourdon et Bernard Campan avec Pascal Légitimus, Didier Bourdon, Bernard Campam

---

Drôles de couples

Un homme à sa femme :
– Tu veux bien être ma Cendrillon pour la journée ? lui demande-t-il.
– Oh oui…, lui répond-elle.
– Alors nettoie la maison !

En pleine nuit, un enfant entre soudainement dans la chambre de ses parents et réveille son père :
– Papa ! Y a un monstre sous mon lit !
– Chuuut ! fait le père, tu vas réveiller ta mère.
– Oui, mais y a un monstre sous mon lit !
– Et alors ? Ce n'est rien, que devrais-je dire, moi qui en ai un DANS mon lit ?

Une femme demande à son mari :
– Tu veux bien que l'on change de côté dans le lit ?
– Euh… Pourquoi ?
– Eh bien apparemment, de ton côté, on n'entend pas le bébé pleurer la nuit…

Un homme dont la femme est fan de Céline Dion fait une mise au point :
– Je ne veux plus entendre parler d'elle ! Encore un mot la concernant et je te fous dehors avec tous tes CD et DVD ! ! ! OK?
– J'ai compris tous les mots. J'ai bien compris, merci.

———

Une femme fait des reproches à son mari :
– On pourrait peut-être partager les tâches, non ?
– Mais c'est déjà le cas ! Moi je les fais, toi tu les nettoies…

———

Une femme demande à son mari :
– Tu veux faire quoi pour la Saint-Valentin ?
– Ce que tu veux !
– Oh, c'est gentil ! s'exclame-t-elle, tu veux bien garder les enfants pendant que je sors ?

———

Après lui avoir fait l'amour, un gars dit fièrement à la fille :
– Alors, je t'avais pas dit que j'étais une bête au lit ?
– Je confirme… Tu es une bête de lit : un acarien !

———

Les questions connes

On dit un compte courant… Parce que l’argent file à toute vitesse ?

Ceux qui affirment que : « plus c’est gros, plus ça passe… », ont-ils déjà pris un suppositoire ?

Si l’on suit une personne qui a un balai dans le cul… A-t-on besoin de faire le ménage derrière lui ?

Pour passer à la casserole… Faut-il se mettre à poêle ?

Celui qui a le cœur plein d’amour… Ses couilles le sont-elles aussi ?

Risque-t-on l'indigestion à dévorer quelqu'un du regard ?

Ceux qui disent « Je ne suis pas photogénique… », savent-ils qu'ils sont moches ?

Peut-on avoir l'Uber et l'argent d'Uber ?

Puisqu'on ne peut pas faire confiance à une balance, faut-il se peser ?

Pourquoi ceux qui ont l'esprit fermé ne ferment-ils pas aussi leur gueule ?

Si l'on parle sur mon dos pour dire des choses de mon cul, ne risque-t-il pas d'entendre ?

Celui dont la vie lui passe sous le nez… Sniffe-t-il de la coke ?

Trop blondes

Quel point commun y a-t-il entre le lit d'une blonde et celui d'un hôtel ?
Ils reçoivent autant de visiteurs.

– Je ne sais vraiment pas quoi faire pour être comme tout le monde ! dit une blonde à sa copine.
– Essaye de rentrer dans le moule ! lui conseille-t-elle, ça ne devrait pas être compliqué, tu as déjà l'air tarte...

Une blonde et son mec contemplent les étoiles dans le ciel :
– Tu vois, dit la blonde, je préfère la lune au soleil.
– Ah, et pourquoi ?
– Ben... La lune, elle éclaire la nuit ! Alors que le soleil, il ne sert à rien, il brille quand il fait jour !

Que se passe-t-il lorsqu'on marche sur le pied d'une blonde ?
Elle a une commotion cérébrale.

Une blonde fait son premier jour en tant que serveuse dans un bar :
– Vous désirez quelque chose ? demande-t-elle à un client.
– Tequila ?
– Ben… La serveuse ?

Une fille annonce à son amie blonde :
– Je vais partir en Erasmus pendant un an !
– Hein ! ? Mais moi, je n'y vais que de temps en temps, un après-midi… pour voir s'il y a des trucs intéressants ! Qu'est-ce que tu vas faire pendant un an chez l'abbé Pierre ?

Lors d'un entretien d'embauche, le RH demande à la jeune fille blonde :
– Quel est votre prénom ?
– Sophie sans « r ».
– Mais il n'y a pas de « r » dans « Sophie » ?
– C'est ce que je dis.

Blagues coquines

Quel point commun y a-t-il entre faire l'amour et un cactus?
Ça ne manque pas de piquant!

Avant de partir en croisade, un chevalier installe une ceinture de chasteté à sa dulcinée, et l'équipe d'une guillotine au niveau du vagin. Lorsque, après plusieurs années passées à guerroyer, le chevalier revient au château, une gouvernante lui annonce que tous les hommes du château sont morts après avoir eu le sexe tranché, sauf un. Le chevalier fait venir l'homme en question. Il s'agit d'un jeune et beau domestique.
– Eh bien? fait le chevalier. Il semble que tu sois le seul à ne pas avoir essayé de me prendre ma femme. N'est-ce pas?
Le domestique opine du chef.
– En as-tu eu envie? demande le chevalier.
Le domestique fait non avec la tête.
– Eh bien, quoi! Parle! T'aurait-on coupé la langue?
– Noooonffff…

Une fille se déshabille devant son homme, lui tourne le dos puis lui demande :
– Pourquoi tu ne dis plus rien ?
– C'est à cause de ta « chut » de rein…

Quel point commun y a-t-il entre un homme infidèle et un chasseur de canards ?
Ils tirent dans tous les coins-coins…

Deux filles parlent de leur vie sexuelle :
– Avec les mecs, j'ai l'impression d'être devant les caisses d'un supermarché !
– C'est-à-dire ?
– Je choisis toujours la mauvaise queue !

Un gars sonne chez une copine. Cette dernière lui ouvre et il lui dit :
– Allez, on y va ?
– Où ? On ne reste pas chez moi ?
– Ben… On avait rendez-vous pour pique-niquer !
– Ah ! J'avais compris p'tet niquer !

Les répliques de ciné

– Ça, ce sont des bonobos : l'animal le plus proche de l'homme, un seul gène de différence avec nous.
– Surtout avec toi.
Ma vie en l'air (2005) de Rémi Bezançon avec Vincent Elbaz, Marion Cotillard, Gilles Lellouche

---

« Il est d'une honnêteté monstrueuse, un vrai pervers, enfin je veux dire… il n'a jamais eu une contredanse, quoi ! »
Mélodie en sous-sol (1963) d'Henri Verneuil avec Jean Gabin, Alain Delon, Viviane Romance

---

« Dans deux ans la quille… J'fonce chez le rouquemoute et j'l'emplâtre. J'lui mets la tête en bas, j'lui fais vomir ses friandises et j'envoie sa nana s'faire bronzer à Dakar. »
La Métamorphose des cloportes (1965) de Pierre Granier-Deferre avec Lino Ventura

---

«Vous qui pénétrez dans mon cœur, ne faites pas attention au désordre.»
Nous irons tous au paradis (1977) de Yves Robert avec Claude Brasseur, Victor Lanoux, Guy Bedos

---

«Une dictature c'est quand les gens sont communistes, qu'ils ont froid, avec des chapeaux gris et des chaussures à fermeture éclair.»
OSS 117: Le Caire nid d'espions (2006) de Michel Hazanavicius avec Jean Dujardin, Bérénice Bejo, Aure Atika

---

«Si vous allez aussi vite que je vous emmerde, pour une fois vous serez en avance sur l'horaire!»
Les Vieux de la vieille (1960) de Gilles Grangier avec Pierre Fresnay, Jean Gabin, Noël-Noël

---

«Tiens, un chauve? Chauve qui peut!»
OSS 117: Le Caire nid d'espions (2006) de Michel Hazanavicius avec Jean Dujardin, Bérénice Bejo, Aure Atika

---

Les plus courtes sont les meilleures

Un gars romantique cache un bouquet de fleur dans son dos :
– Devine ce que j'ai derrière ? demande-t-il à sa petite amie.
– Ton cul !

– Au fait, tu sais pas si…
– Si quoi ?
– Non, laisse tomber, t'es trop con…

Une fille et un gars viennent de passer leur première nuit ensemble…
– Toute la vie j'ai envie de me réveiller avec toi à mes côtés, lui déclare-t-elle.
– Je me lève à 4 h 30 tous les matins…
– Oublie-moi !

– Je n'arrête pas d'emballer ! dit un type pour se vanter auprès d'un copain.
– Mouais... Surtout le 25 décembre, les cadeaux de Noël...

Un type annonce à un copain :
– Moi, je connais un gars, il a envie que tu crèves !
– Ah ouais ? Qui ça, que je lui défonce sa gueule !
– Le marchand de pneus...

Un homme allongé au soleil sur son transat appelle son épouse :
– Chérie ! J'ai la peau toute sèche et je pèle !
– Normal, à force de lézarder...

– Qu'est-ce que t'as ? Tu veux ma photo ?
– Ouais, c'est pour mettre dans mon album de crétins !

Dans une boulangerie :
– Bonjour, z'êtes pâtissier ?
– Oui, mais z'ai pas tiré la sasse...

L'abus d'alcool est dangereux pour la santé

Un alcoolique à son voisin de bar :
– J'ai un truc pour boire moins !
– Lequel ?
– Je lance une pièce ! Si elle retombe, je bois…

Quel point commun y a-t-il entre un papier cadeau et un alcoolique ?
Ils sont déchirés !

Pourquoi un alcoolique n'est-il jamais cru ?
À cause des cuites…

Les gendarmes immobilisent un véhicule qui zigzaguait sur la route… L'un d'eux sort un éthylotest et s'adresse au conducteur en lui ordonnant :
– Soufflez !
– L'est où le gâteau ?

Un type entre dans un café et commande au barman :
– Un tsunami !
– Un quoi ? fait le barman.
– Un tsunami !
– Qu'est-ce que c'est ?
– C'est un Ricard avec une dose de jaune et quatre doses d'eau...

Au comptoir d'un bar, deux types sont l'un à côté de l'autre. Le premier commande une flûte de champagne et le second lui demande alors :
– Vous fêtez quelque chose ?
– Oui, je suis ivre de bonheur !
– Ah... Moi aussi, je suis ivre de bonne heure...

Deux gars au comptoir...
– Qu'est-ce que tu préférerais avoir, toi ? Parkinson ou bien Alzheimer ?
– Ben... Parkinson ! Il vaut mieux renverser une goutte de Ricard que d'oublier de la boire !

Quelle est la collection de mode préférée des alcooliques ?
Celle de pinte en été.

Perles d'enseignants

Sait lire et écrire… Ne désespérons pas, il comprendra peut-être un jour à quoi cela sert !

« Cela méritait 0 alors j'ai préféré vous attribuer le nombre de neurones qui se sont activés à la tâche : 1. »

Merci pour ce voyage dans les abysses du fond de votre crâne. Je n'ai rien trouvé…

Soyez rassuré, ça ne vaut pas moins : 0.

« Attention, si deux grandes oreilles vous poussent, je ne serais pas surpris de vous entendre braire ! »

« La prochaine fois que vous rendez copie blanche, je diviserai votre note par deux ! »

Votre copie méritait 0 mais j'ai beaucoup ri. 2/20.

Encore un 9… Que couvez-vous ?

Le paresseux est un mammifère d'Amérique tropicale qui appartient à l'ordre des xénarthres. Il vit suspendu à l'envers dans les arbres, se déplace avec une extrême lenteur et est le champion du sommeil paradoxal. Quelle chance de pouvoir en observer un spécimen dans sa classe !

« Copie blanche… C'est la première fois que vous exprimez aussi parfaitement le fond de votre pensée ! »

« Ferme ta bouche, on entend le son de la cloche ! »

Les hommes les femmes

Un type rentre chez lui en courant, s'installe dans le canapé, s'empare de la télécommande et, juste avant d'allumer le poste, demande à sa femme :
– Chérie, tu as quelque chose à me dire avant que la saison de foot ne commence ?

Pourquoi les hommes ne répètent-ils jamais les secrets que leur confient leurs femmes ?
Parce qu'ils n'ont pas écouté…

Quel est l'animal terrestre le plus rapide ?
L'homme, lorsqu'il s'aperçoit qu'il a laissé, à côté de sa femme, son téléphone déverrouillé…

Pourquoi la majorité des archéologues sont des femmes ?
En raison de leur aptitude à fouiller dans le passé…

Pourquoi les femmes appellent-elles leur homme « chéri » ?
Parce que c'est l'anagramme de « chier » !

Que répond une femme quand on lui dit que c'est dans la nature féminine de tout contester ?
« Mais pas du tout ! »

Quel point commun y a-t-il entre un homme qui fait l'amour et une série télé ?
Ça s'arrête dès que ça commence à devenir intéressant.

Quelle différence y a-t-il entre un mec et une crêpe au chocolat ?
La crêpe au chocolat rend heureuse…

Qu'y a-t-il de plus dangereux que de vouloir donner le bain à un chat ?
Demander à une femme de se calmer…

Atroces et bien dégueus

Le maître interroge sa classe :
– Selon vous, qu'est-ce qu'une belle mort ?
Une petite fille lève la main et répond :
– C'est mourir comme mon grand-père !
– Ah… Et puis-je te demander comment il est mort, ton grand-père ? Tu n'es pas obligée de répondre…
– Il est mort en s'endormant !
– C'est effectivement une belle mort puisqu'il n'a pas souffert et qu'il ne s'est rendu compte de rien. Selon toi, que serait alors une mort atroce ?
– Ben… C'est comme sont morts mon grand frère et ma mère…
– Oh, pardon ! Je ne savais pas ! Ma pauvre petite… Que leur est-il arrivé ?
– Ils étaient dans la voiture quand mon grand-père s'est endormi…

Un homme se rend au confessionnal…
– Pardonnez-moi, parce que j'ai pêché…
– Quel est ton péché, mon fils ? lui demande le curé.

– J'ai eu de mauvaises pensées et un mauvais geste, mon père.
– Qu'as-tu fait ?
– J'ai embrassé les cuisses de ma belle-mère…
– Oh ! Mais c'est proche de l'enfer, ça ! s'écrie le prêtre.
– Ah ! fait l'homme. Je me disais aussi que ça sentait le diable…

Peut-on prendre un bain quand on a la diarrhée ?
Oui, si vous en avez suffisamment.

Quel est le légume le plus connu d'Allemagne ?
Le Schumacher.

Qu'est-ce qui a un short, sept bras, cinq jambes et trois pieds ?
La ligne d'arrivée du marathon de Boston.

Quelle est la pire combinaison de maladies que l'on peut avoir ?
Alzheimer et la diarrhée. Tu cours mais tu ne sais plus où…

Dieu & Co.

Quel point commun y a-t-il entre une nonne et une enseignante ?
Elles ne branlent rien.

Un type à un copain :
– Si Jésus revenait et qu'il changeait l'eau en vin… Ça n'impressionnerait personne !
– Tu crois ?
– C'est sûr, qu'Instagram change tous les jours des boudins en canons, et ça nous fait plus rien…

Après avoir terminé la création du monde, Dieu se reposa… Quelques milliers d'années plus tard, il se réveilla et contempla l'évolution de sa création. Extrêmement surpris du résultat, il interrogea saint Pierre :
– Saint Pierre, aurais-je commis une erreur, quels sont donc tous ces pays secs et pauvres ?

– Ce sont le Soudan, le Malawi, le Mali, la Zambie... Et encore beaucoup d'autres, seigneur.
– Comment ai-je pu faire ça ! Et ce beau pays riche et fertile, quel est-il ?
– C'est la France, seigneur...
Dieu dit alors à saint Pierre :
– Il est temps que je répare mes erreurs !
Et Dieu créa les Français...

Alors qu'il marche dans la rue, un homme entend soudainement une voix lui dire : « Stop ! Ne passe pas sous cette fenêtre, un pot de fleurs va te tomber sur la tête ! » Surpris, l'homme s'arrête et, effectivement, un pot de fleurs chute du deuxième étage ! L'homme qui pense avoir rêvé reprend ensuite sa marche et, au moment de traverser, il entend de nouveau une voix lui dire : « Stop ! Ne traverse pas, tu vas te faire renverser ! » L'homme s'arrête et, effectivement, une voiture qui arrivait à vive allure grille le feu rouge ! L'homme, qui se demande s'il n'est pas en train de devenir fou, regarde tout autour de lui, mais ne voit personne. Il se risque à demander :
– Euh... Qui êtes-vous ?
Et la voix lui répond :
– Je suis ton ange gardien.
– Ah ouais ? Alors t'étais où le jour où je me suis marié !

Idées à la con pour redresser la France

Aide au logement
Offrir un carton double épaisseur à tous les SDF qui en effectueraient la demande écrite auprès des services sociaux par l'envoi d'un recommandé suivi avec accusé de réception.

———

Pouvoir d'achat
N'autoriser les ventes de denrées alimentaires que par sacs de 10, 30 et 50 kg, les prix au kilo étant plus avantageux lorsque le poids est conséquent.

———

Recettes de l'État
Voter une nouvelle loi des finances autorisant chacun, s'il le désire, à contribuer de manière plus importante à l'impôt sur le revenu.

———

Emploi, diversité et égalité des chances
Se présenter aux entretiens d'embauche cagoulé et entièrement dissimulé sous une toge, afin d'éviter toute discrimination de sexe ou de race. On ne devrait pas recruter comme l'on achète une pochette-surprise ou comme l'on mange des M&M's, en choisissant une couleur…

Réforme des institutions
Ne composer le Gouvernement que de citoyens tirés au sort parmi l'ensemble de la population.

Protection animale et surpopulation carcérale
Interdire l'utilisation des animaux comme cobayes. Afin de désengorger les prisons, les cages libérées par les animaux de laboratoires pourraient être occupées par des auteurs de crimes qui, s'ils le souhaitent, auraient la possibilité de réduire la durée de leur peine en acceptant de participer à des expériences…

Sécurité sociale
Mettre le trou de la Sécurité sociale dans celui de la couche d'ozone et envoyer les deux dans l'espace, dans un trou noir.

Les plus courtes sont les meilleures

– Excuse-moi, j'ai un chat dans la gorge, dit un homme à sa collègue de bureau.
– Je m'en doute, lui répond-elle, et vu ton haleine tu dois avoir avalé la litière avec !

Une femme téléphone à une amie et prend de ses nouvelles :
– Alors, la rentrée scolaire s'est bien passée ?
– Très mal ! Ils m'ont rendu les enfants à la fin de la journée !

– J'ai trouvé un super truc pour rajeunir de 10 ans ! dit une femme à une copine.
– C'est quoi ?
– Photoshop !

Deux femmes discutent :
– L'âge, c'est dans ta tête !
– Ouais, et sur ta gueule…

———

Dans une boucherie :
– Mais comment pouvez-vous affirmer que je vous vends de la viande aux hormones, Monsieur ?
– Madame…

———

Un type à la calvitie naissante se rend chez son coiffeur :
– Que prenez-vous comme shampoing ? lui demande ce dernier.
– Un shampoing aux œufs.
– Alors il faut arrêter, on commence à voir la coquille !

———

– Tu es comme l'eau en Afrique.
– Rare ?
– Non, pas potable !

———

Un couple se prépare avant de se rendre à une soirée. La femme passe une robe puis demande à son mari :
– Est-ce qu'elle me fait un gros cul ?
– Bah oui, c'est pas une robe magique !

———

Blagues à Toto

La maîtresse demande à sa classe :
– Que doit-on faire avant de passer à table ?
Toto lève la main…
– Oui, Toto ?
– On prend l'apéro, M'Dame !

———

La maman de Toto est enceinte de quelques mois :
– Maman, pourquoi tu as un gros ventre ?
– Je peux te le dire maintenant : papa m'a donné un bébé !
Toto va immédiatement voir son père :
– Papa ! C'est vrai que tu as donné un bébé à maman ?
– Elle te l'a dit ? Oui, c'est vrai…
– Eh bien… elle l'a mangé !

———

Le papa de Toto lui demande :
– S'il te plaît, tu veux bien aller me chercher mes chaussons qui sont dans la salle de bains, à l'étage ?
– Oui, papa…

Arrivé à l'étage, Toto ouvre la porte de la salle de bains et découvre sa sœur ainsi qu'une de ses copines en train de se changer. Cette dernière a encore la poitrine à l'air...
– Mais ! Qu'est-ce que tu fais là ! crie la sœur de Toto.
– Ben... C'est papa, il m'a dit d'aller toucher les seins de ta copine...
– Non mais, ça va pas ! Tu racontes n'importe quoi !
– Mais si, attends, je vais lui demander...
Toto se retourne et hurle du haut des escaliers :
– Papa ! Un seul ou les deux ?
– Mais les deux, bien sûr !

La maîtresse interroge Toto pour un exercice de calcul mental :
– Disons que tu es l'épicier et que je suis la cliente. Je t'achète un paquet de pâtes à 2 euros 50, un kilo de bananes à 3 euros 65, et un paquet de gâteau à 1 euro 95. Combien te dois-je ?
Toto réfléchit un instant, puis répond :
– Vous en faites pas pour ça, Madame, vous me paierez demain !

Mots d'esprit

« Il y aurait plusieurs façons d'être con, mais le con choisit toujours la pire. »

Frédéric Dard

« Mon psychiatre, pour 15 000 francs, il m'a débarrassé de ce que j'avais : 15 000 francs. »

Coluche

« En Angleterre, tout est permis, sauf ce qui est interdit. En Allemagne, tout est interdit, sauf ce qui est permis. En France, tout est permis, même ce qui est interdit. En URSS, tout est interdit, même ce qui est permis. »

Winston Churchill

« Quand nous avons soif, il nous semble que nous pourrions boire tout un océan : c'est la foi. Et quand nous

nous mettons à boire, nous buvons un verre ou deux : c'est la science. »

Anton Tchekhov

« L'homme est bon, mais le veau est meilleur. »

Bertolt Brecht

« À quoi est due la chute d'Adam et Ève ? C'était une erreur de Genèse… »

Boris Vian

« S'il fallait tenir compte des services rendus à la science, la grenouille occuperait la première place. »

Claude Bernard

« L'amour, c'est l'ennui d'être seul, la joie d'être à deux, la peur d'être à trois. »

Andrei Stoiciu

Blagues à papa

Que faut-il crier avant de manger une pomme sans la couper ?
Pas de quartier !

Quel est le comble de l'impolitesse ?
C'est de mener une guerre sans merci !

Que dit Émile Zola dans un bain à remous ?
J'accuz' !

Un grain de riz s'apprête à entrer dans une boîte. Les autres le refoulent en lui disant :
– Désolé, on est complet !

Quelle est la chanson préférée des cultivateurs ?
S'il suffisait qu'on sème…

Un nain rencontre un autre nain :
– Que le monde est petit ! dit le premier.
– Oui ! Et si on allait prendre un demi ?

Que se disent les poils lorsqu'on pète ?
Yeah ! J'suis dans l'vent !

Pourquoi Monsieur Hibou ne parle-t-il pas ?
Parce que hiboude.

Quel est le comble d'un vitrier ?
C'est de toujours avoir sur lui un mouchoir à carreaux.

Que chante Freddie Mercury quand il a faim ?
I want two grecs frites !

Comment dit-on « femme poilue » en japonais ?
Tétoufu.

La ronde des métiers

Femme de ménage

Une blonde raconte à son amie :

– J'ai trouvé une place de femme de ménage dans une famille très bourgeoise.

– Tu dois être contente ?

– Oui... Mais je ne sais pas si je vais rester, je crois bien que ma patronne est complètement folle !

– Ah ?

– Oui, elle doit voir des fantômes ou des trucs comme ça... Figure-toi qu'à chaque fois que je lui parle, elle me répond : « Quand vous vous adressez à moi, parlez à la troisième personne ! »

Serveuse

Dans un restaurant, un couple s'installe. Une serveuse arrive et leur tend le menu. La femme le repousse d'un geste de la main et demande à la serveuse :

– Nous ne mangeons pas de viande, pas de poisson, pas d'œuf ni de produits laitiers. Nous ne consommons pas de gluten et ne voulons que des produits bio,

écoresponsables issus de circuits courts… Que nous conseillez-vous ?
– La porte !

Examinateur
Une blonde qui passe l'oral du bac se présente face à l'examinateur avec un décolleté plongeant et une minijupe au ras des fesses. L'examinateur lui demande :
– Que préférez-vous, que je vous interroge ou que je vous donne un rendez-vous ?
Sans hésiter, la blonde lui répond :
– Un rendez-vous !
Et l'examinateur :
– Alors, à l'année prochaine !

Moniteur de ski
Une Portugaise prend des leçons de ski avec un moniteur particulier. Arrivés en haut d'une piste, le moniteur lui propose :
– Tout Shuss ?
– *Ouich*, mais *yé* les lèvres gercées par le froid…

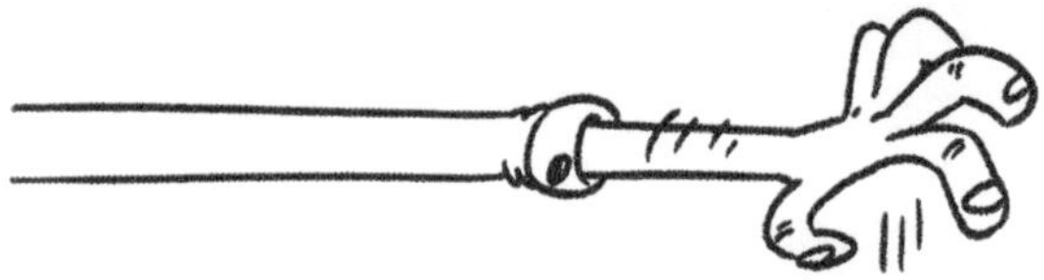

Comment emmerder le monde

Chez le coiffeur, demandez à la shampooineuse de vérifier si vous n'avez pas des poux…

Il faut se protéger du soleil pour prévenir le cancer de la peau. C'est pourquoi vous ne devez pas oublier votre parasol lorsque vous vous rendez à la plage. Mais, comme vous êtes prévenant et que vous pensez d'abord aux autres, vous l'installerez de manière à faire de l'ombre à votre voisin…

Entrez dans un hôtel et demandez à visiter les chambres afin de choisir celle qui vous convient. Soyez très critique sur la propreté et ne retenez aucune d'entre elles.

Faites un petit tour au salon du mariage. Repérez les couples venus y organiser leur union et dites à la fille ou au gars : « Alors si je comprends bien, je ne suis qu'un plan cul ? »

Dans les magasins, tirez les rideaux de toutes les cabines d'essayage pour faire croire qu'elles sont occupées.

Dites à une personne que vous êtes gêné par sa fumée de cigarette, et ordonnez-lui de bien vouloir faire attention. Deux minutes plus tard, demandez-lui du feu pour allumer la vôtre…

Gâchez les fêtes d'anniversaire en simulant une grosse déprime et en monopolisant l'attention.

À la terrasse d'un café, si un client vous demande s'il peut prendre la chaise inoccupée à votre table, dites-lui que non, qu'elle vous sert à étendre vos jambes.

Piquez les doudous des enfants puis profitez du spectacle des parents affolés qui les cherchent partout !

Devinettes

Qu’y a-t-il de mieux que de faire des cœurs avec tous ses doigts ?
Faire des doigts de tout son cœur !

Quand est-ce que l’expression « Une porte se ferme, une autre s’ouvre » prend-elle tout son sens ?
Face au calendrier de l’avent !

Quel est le comble de la courtoisie ?
C’est de ne pas vouloir battre un jeu de cartes parce qu’il y a des Dames dedans.

Quelle est la meilleure technique de vente de systèmes de sécurité pour maisons ?
Laissez aux gens une brochure sur leur table de salon, en leur absence…

Que prendre quand on a mal et qu'on ne dispose pas d'antidouleur ?
Un antidépresseur. On a toujours mal, mais on s'en fout !

———

Pourquoi les gens rentrent-ils leur ventre quand ils montent sur la balance ?
Pour voir le cadran…

———

Quel avantage y a-t-il à avoir des petits seins ?
Cinquante ans plus tard, ils sont toujours au même endroit…

———

Comment transformer un verre à moitié vide en verre plein ?
En le versant dans un verre plus petit…

———

Pourquoi faut-il donner raison aux gens ?
Pour qu'ils ferment leur gueule !

———

Les répliques de ciné

– Depuis que je me suis lancée à fond dans la calligraphie, j'ai l'impression d'avoir retrouvé une forme de sérénité. Je sais pas… J'ai l'impression que ça me fait vraiment beaucoup de bien.
– Ah oui ? Vous en faites tous les jours ?
– Ah non ! Pas tous les jours. Hier, par exemple, j'avais un petit coup de blues, j'ai fait toute une série de « P », ça m'a bien détendu.
Palais Royal ! (2005) de Valérie Lemercier avec Valérie Lemercier, Lambert Wilson, Catherine Deneuve

———

– Et qu'est-ce que vous lui feriez, à D.R., si vous l'aviez en face de vous ?
– Je lui casserais la gueule !
– Et s'il fait deux têtes de plus que vous ?
– Ben… Je commencerais par les couilles, ça m'étonnerait qu'il en ait quatre !
Paparazzi (1998) d'Alain Berbérian avec Vincent Lindon, Patrick Timsit, Nathalie Baye

———

– Dis-moi un nom d'une personne qui soit parti de rien et qui ait trouvé le grand amour ?
– Un nom. Elle veut un nom. Non mais j'en sais rien moi... Cette salope de Cendrillon ! ?
Pretty Woman (1990) de Garry Marshall avec Julia Roberts, Richard Gere

---

– T'es toujours avec ta copine ?
– Ah non, c'est plus ma copine...
– De toute façon elle se faisait culbuter par tout le monde !
– ... mais c'est ma femme.
Quatre Mariages et un enterrement (1994) de Mike Newell avec Hugh Grant, Andie MacDowell, Simon Callow

---

– Un homme seul contre dix commandos d'élite ? Mais pour qui prenez-vous cet homme ? Dieu ?
– Non, Dieu aurait pitié. Lui, non.
Rambo III (1988) de Peter MacDonald avec Sylvester Stallone, Richard Crenna

---

Drôles de couples

Un homme qui ne sait pas quoi offrir à sa femme pour la Saint-Valentin prend conseil auprès d'un ami :
– Tu devrais lui offrir un « Bon pour deux heures de sexe intense » ! lui recommande ce dernier.
– Très bonne idée, je vais faire ça !
Le lendemain de la Saint-Valentin, les deux amis se retrouvent :
– Alors, tu lui as donné ton cadeau ? demande le copain.
– Oui.
– Et ça lui a plu ?
– Énormément ! Elle m'a sauté dessus, elle m'a embrassé, puis elle est partie en courant en criant : « À dans deux heures ! »

Une femme annonce tout heureuse à son mari :
– Chéri, je suis enceinte ! Qu'est-ce que tu voudrais que ce soit ?
– Une blague !

Un couple se dispute et le mari hausse la voix :
– Prends un autre ton ! lui ordonne sa femme.
– Parfait, puisque c'est toi qui le demandes, lui répond-il, je prendrais un autre thon !

Un père divorcé tend un chèque à sa fille en lui disant :
– Tiens ! Tu donneras ce chèque à ta mère pour la pension alimentaire, dis-lui que c'est le dernier qu'elle aura et regarde bien la tête qu'elle fera.
Lorsque la jeune fille arrive chez sa mère, elle lui donne le chèque selon les recommandations de son père. Sa mère dit alors à sa fille :
– Lorsque tu retourneras chez ton père, dis-lui qu'il n'est pas ton père et regarde bien la tête qu'il fera !

Un homme qui a oublié ses clés toque à sa porte. Derrière celle-ci, sa femme demande :
– Qui est là ?
– L'amour de ta vie !
– Impossible, le chocolat ne parle pas !

– Tu as des kilos en trop, dit un homme à sa femme.
– Il te manque des centimètres, lui rétorque-t-elle.

Perles de coiffeurs

Les clients se risquent à faire de l'humour...
– Les cheveux blanchissent puis nous les perdons…
– Des pertes blanches, quoi !

Et encore...
– Je vous donne un peignoir noir.
– Tiens, il y a de l'écho ?
– … ?
– Gnoir… noir…

———

Les mystères du corps humain...
– J'aimerais que vous me rallongiez le cou.
– … !

Encore une énigme:
– Qu'est-ce qu'on fait ?
– On les coupe mais pas trop parce que je trouve que mes cheveux ont raccourci… C'est possible ça ?

———

Les clientes ont parfois de l'imagination...
– Quand ils poussent, mes cheveux font des nœuds !
– Ils sont coquins ! Et vous les coiffez avec une brosse ou bien un peigne ?
– Je ne les coiffe pas.

... très fertile :
– Si je mouille plus souvent mes cheveux, est-ce qu'ils vont pousser plus vite ?
– Les salades oui, les cheveux non.

Encore une question que la coiffeuse doit avoir regretté d'avoir posée :
– Ça me fait un chignon en forme de...
– De quoi ?
– De bite.

Ce coiffeur a la tête sur les épaules et le sens de la repartie :
– Vous préférez comme ça ?
– Hein ? Euh... Oui. Excusez-moi, j'ai la tête ailleurs !
– Ne vous inquiétez pas, je la tiens !

Trop blondes

– Tu en penses quoi de la ménopause ? demande une fille à une amie blonde.
– Oh tu sais, moi, j'y connais rien en mythologie grecque, lui répond-elle.

Deux blondes se promènent dans la campagne et observent un cheval dans un champ :
– Tu sais monter un cheval, toi ? demande la première.
– Bah non ! C'est beaucoup trop lourd !

– Tu as un masque à me prêter ? demande une blonde à une copine.
– Tu crains toujours le virus ? lui demande-t-elle alors.
– Non, c'est juste pour passer un appel masqué.

– Chérie, tu n'aurais pas vu mes écouteurs ? demande un homme à sa femme blonde.
– Si je les ai jetés !

– Mais comment ça ?
– Bah… Ils ne pouvaient pas marcher, les fils étaient coupés…
– Mais ce sont des écouteurs sans fils !

Une blonde fête l'anniversaire de son mari :
– Joyeux anniversaire, mon amour !
– Merci, je t'aime…
– Moi aussi mon bébé d'amour…
– Tu as un petit cadeau à me faire, peut-être ?
– Bien sûr ! Je l'ai caché pour pas que tu le trouves !
– Ah ! Et…
– Et je ne le retrouve plus…

Une femme blonde interroge une amie :
– Dis-moi, toi qui as eu des enfants… Quand on est enceinte, on a tout le temps faim, on est toujours fatiguée, on a les nerfs à fleur de peau ?
– Exact.
– Pfff… Alors ça doit faire plus de 20 ans que je suis enceinte sans le savoir !

Hommes et femmes en blanc

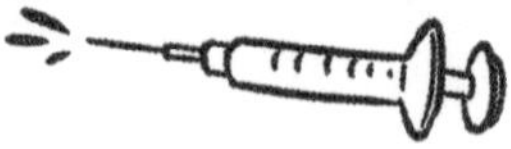

Un pharmacien à un client :
– Je suis désolé, je n'ai plus de Viagra 50. Je vous donne du 100 et ce soir, vous la casserez en deux.
– Ma femme ?
– La pastille…

Un chirurgien annonce à un patient qu'il s'apprête à opérer :
– Nous n'allons pas faire d'anesthésie mais, rassurez-vous, cela ne fera aucune différence !
– Ah bon ? Comment allez-vous procéder ?
– Je vais mettre des boules Quiès.

Un psychologue à sa patiente :
– Bien, la séance est terminée. La prochaine fois, si vous le voulez bien, nous travaillerons avec l'inconscient.
– Désolée, mais mon mari ne voudra jamais venir !

Un homme qui depuis des années ne fréquente que des filles à l'hygiène douteuse a attrapé toutes les maladies vénériennes existantes. Son sexe étant en piteux état, il consulte un spécialiste qui lui annonce :
– Je suis navré mais il n'y a plus qu'une solution : le couper.
– Hein ! Me faire châtrer, jamais !
L'homme consulte alors plusieurs spécialistes et tous sont formels : il faut couper le sexe. À force de recherches sur Internet, il repère un professeur américain qui, paraît-il, fait des miracles dans le domaine. Le type réunit toutes ses économies et file aux États-Unis pour le rencontrer. Le fameux professeur l'ausculte puis lui dit :
– Je pense que l'on peut éviter de vous le couper…
– Ouf ! fait l'homme soulagé. J'ai bien fait de venir vous consulter. Si j'avais écouté les autres, je… Ouh là là, je n'ose même pas y penser ! Vous êtes certain que l'on peut éviter de me le couper ?
– Oui ! Baissez votre pantalon et montez sur une chaise.
Le patient s'exécute…
– Et maintenant ? demande-t-il.
– Sautez, et il devrait tomber tout seul !

Les répliques de ciné

« Garder un secret consiste à ne le répéter qu'à une seule personne à la fois. »
Les Trois Mousquetaires (1953) d'André Hunebelle et Michel Audiard avec Bourvil

---

– Tu fais quoi pour dîner ?
– Autre chose !
Un jour sans fin (1993) de Harold Ramis avec Bille Murray, Andie MacDowell

---

« Bah enfin regardez-le, Françoise, il est affreux ! C'est un singe ! Il est vulgaire, il est content de lui, il est inculte, il est râleur, il est satisfait, il est… Ben il est français ! »
La Valise (1973) de Georges Lautner avec Mireille Darc, Michel Constantin, Jean-Pierre Marielle

---

«Tout ce qui se passe à Vegas reste à Vegas. Sauf la syphilis, cette merde te suivra toute ta vie.»
Very bad trip (2009) de Todd Philips avec Bradley Cooper, Ed Helms, Zach Galifianakis, Heather Graham, Justin Bartha

---

«Quand on vous regarde, on ne voit pas très bien le papillon, mais on distingue parfaitement la larve!»
Vidange (1998) de Jean-Pierre Mocky avec Marianne Basler, Laurent Labasse

---

«Donner de l'argent à un paresseux, c'est donner de l'absinthe à un alcoolique.»
La Vie d'un honnête homme (1953) de Sacha Guitry avec Michel Simon, Louis de Funès

---

«Voyons, Emmanuelle, si tu bois de l'eau froide après ton potage chaud, tu vas faire sauter l'émail de tes dents!»
La Vie est un long fleuve tranquille (1987) d'Étienne Chatiliez avec Hélène Vincent, André Wilms, Patrick Bouchitey, Catherine Jacob

---

Humour noir

– Me femme m'a quitté hier ! annonce un type à un ami.
– Ah merde ! Mais cela n'a pas l'air de beaucoup t'affecter ?
– Pas du tout ! Elle reviendra en rampant, je lui ai piqué son fauteuil roulant !

Qu'est-ce qu'une jambe au milieu de la route ?
Un lépreux qui a marché sur un chewing-gum.

Au cimetière, peut-on lancer un bouquet de fleurs dans l'assistance pour savoir qui sera le prochain ?

Qu'y a-t-il de mieux qu'une médaille d'or aux Jeux paralympiques ?
Marcher…

Dans un hôpital, un homme s'adresse à son infirmière préférée :
– Je vous apprécie beaucoup parce que vous êtes très gentille !
– Je vous remercie.
– Quand je sortirai d'ici, j'aimerais que vous me rendiez visite au moins une fois, histoire de se voir dans un autre contexte, j'y tiens beaucoup...
– C'est sympa, mais... j'ai horreur des cimetières !

Pourquoi les écolos aiment-ils tant les lépreux ?
Parce qu'ils sont biodégradables.

Un enfant revient à l'école après avoir été absent la veille.
– As-tu un mot d'excuse pour ne pas être venu hier ? lui demande son enseignant.
– Non, mais c'est parce que mon grand-père s'est brûlé.
– Oh ! J'espère que ce n'est pas trop grave ?
– Ben... C'est-à-dire que ça ne plaisante pas au crématorium !

Les copains, les copines

Un gars se plaint d'avoir encore grossi :
– Tu n'écoutes pas les conseils de tes amis pour ne pas prendre de poids ! lui reproche son pote.
– Mais si, je t'assure !
– Non. Ton problème, c'est que tu es beaucoup plus proche de l'appareil à raclette que de tes amis !

Une fille dit à une copine :
– Allez secoue-toi un peu ! On sort ?
– Non…
– Alors tu veux faire quoi ?
– J'sais pas… J'ai envie de me laisser porter par le vent…
– Ouais ben… Vu ton poids, t'es pas près de bouger !

Une fille qui déprime d'être toujours célibataire se plaint auprès d'une copine :
– Tu connais la différence entre les mecs et les moustiques ?

– Non.
– Il n'y a que les moustiques qui me trouvent attirante !

Une fille constate que son ami a encore grossi :
– Allez viens, on sort faire un tour dehors, ça te fera du bien !
– Mais pourquoi ?
– Parce que je suis persuadée que tu vois moins la lumière du jour que celle de ton frigo !

Une fille désespère de trouver un jour un homme qui partage sa vie. Son amie tente de la rassurer :
– T'inquiète, je suis sûre qu'il y a un homme pour toi sur cette terre ! Arrête de chercher et tu finiras par trouver chaussure à ton pied.
– C'est gentil... Alors tu penses que je peux espérer avoir des fleurs le 14 février prochain ?
– Oui, bien sûr ! Mais ne tarde pas à les planter !

– T'as déjà vu un trou du cul plastifié ? demande un type à un pote.
– Non, jamais !
– Ben regarde ta carte d'identité !

Perles des assurances

«Je vous envoie le constat d'assurance. Comme vous pouvez le constater, j'ai mis une fausse signature et un faux numéro de plaque pour arranger nos affaires…»

«J'ai freiné, j'ai crié: "Enculé!", et l'autre m'est rentré dedans par-derrière.»

«Lentement, il a débouché à toute allure.»

«Que dire sinon que j'ai tort, mais beaucoup moins que lui?»

«Peut-être qu'il a raison d'avoir tort, mais j'ai mes raisons d'avoir raison.»

« Je suis un bon client et je ne comprends pas pourquoi vous ne me faites pas confiance quand je vous dis que c'est lui qui a tort. »

———

« J'ai déclaré aux gendarmes qu'il y avait trop d'eau sur la route, mais eux disent qu'il y avait trop de vin dans mon sang… »

———

« J'ai eu beau appuyer sur la pédale du frein, elle ne m'a pas répondu ! »

———

« L'autre voiture avançait et moi je reculais. Comment vouliez-vous que… »

———

« J'ai fait un 69 avec ma voiture. »

———

« Je voulais tourner à gauche, mais la voiture a tourné à droite. »

———

Drôles de couples

Un homme s'adresse à sa femme pendant qu'il est en train de prendre son petit déjeuner...
– Stop ! l'interrompt-elle brutalement. Le matin, tu ne me parles pas tant que je n'ai pas terminé mon p'tit déj' et fait mes longueurs dans la piscine ! OK ?
– Mais on n'a pas de piscine ?
– Voilà, alors ta gueule !

Après une grosse dispute, une femme dit à son mari :
– Tu sais quelle est la plus belle chose que tu m'ais donnée ?
– Non...
– L'envie de te quitter !

Un homme se met sur son trente et un...
– Tu te fais beau ? Où vas-tu ? interroge sa femme.
– Je vais à la messe.
– À la messe ! Depuis quand tu es croyant, toi ? Tu es complètement athée !

– Eh bien… Disons que je suis devenu croyant.
– Pfff ! Tu ne crois même pas à l'enfer !
– Si !
– Et depuis quand ?
– Depuis que je t'ai épousée.

Une femme explique à une amie comment son mari et elle ont choisi la destination de leurs prochaines vacances :
– Mon mari a déplié une grande carte du monde ! Ensuite, il m'a donné une fléchette pour que je la lance sur la carte et que le destin choisisse notre destination !
– Génial comme idée ! Et donc vous allez où cet été ?
– Derrière le frigo…

Une femme explique à une amie comment son mari et elle ont résolu leurs problèmes de couple :
– Nous nous disputions souvent et puis, un jour, nous nous sommes juré de ne plus jamais nous coucher fâchés et toujours l'un contre l'autre !
– Et cela a bien fonctionné ?
– Oui ! J'avoue qu'au début c'était un peu difficile mais maintenant, nous parvenons parfaitement à dormir debout !

Idées à la con pour redresser la France

Écologie et économie d'énergie
Éteindre la lumière quand on dort. Cela concerne aussi les enfants qui ont peur du noir et qui, s'ils ne parviennent pas à s'endormir dans l'obscurité, devraient alors effectuer leur nuit durant la journée.

Politique familiale
Créer un site Internet proposant un catalogue en ligne de tous les enfants à adopter et de toutes les mères porteuses. Faire appliquer un taux de TVA réduit sur ces ventes.

Surpopulation carcérale
Décloisonner les cellules d'emprisonnement. Un aménagement intérieur en *open space* des bâtiments pénitentiaires permettrait de gagner 20 % de surface d'incarcération.

Politique familiale et accès aux origines personnelles
Faire réaliser un test ADN obligatoire à chaque père potentiel à la naissance de chaque enfant. La reconnaissance de paternité ne serait officialisée qu'après l'obtention des résultats. La mère pourrait quant à elle se soustraire à ce test sur présentation d'une vidéo explicite de l'accouchement.

Sécurité et lutte contre les fraudes
Supprimer les distributeurs automatiques de billets pour éradiquer les fraudes et les agressions qu'ils engendrent, et permettre d'imprimer à domicile ses billets via le site internet de sa banque.

Santé
Faire prélever de façon systématique les organes d'une personne décédée et les remettre à ses héritiers, afin d'encourager le don d'organes. Ces derniers auraient le choix d'en faire don ou bien de les vendre à une société de fabrication d'alimentation pour chiens et chats.

Les dragueurs

Une fille tente de se débarrasser d'un type qui la branche :
– Oublie-moi ! Je ne suis pas une fille facile, pour toi je serai toujours un obstacle !
– OK, alors je te saute !

– Ça te dirait d'aller voir un film avec moi ?
– Je l'ai déjà vu !

Un type demande à une fille :
– Tu veux baiser ?
– Non !
– Ah…
– Enfin… Si !
– Ah !
– Mais pas avec toi…

Une fille demande à un copain :
– Sur Facebook, tu commentes tous mes posts avec des émoticônes « cœur » ou « bisous » … Tu veux me mettre dans ton lit ou quoi ?
– Ah mais non, pas du tout ! s'offusque-t-il. Qu'est-ce que tu vas t'imaginer ? Te mettre sur le canapé ou sur la machine à laver me va très bien aussi !

Un gars à une fille :
– Salut ! Je t'avais demandé si je pouvais te téléphoner mais tu ne réponds jamais ?
– Oui, tu peux m'appeler ! Je n'ai jamais dit que j'allais te répondre…

Un type drague une fille et lui demande :
– Tu préfères les hommes qui te font rire ou bien les hommes qui te font réfléchir ?
– Je préfère ceux qui ne me cassent pas les couilles !

– Tu ressembles un peu à Shakira…
– Et toi à son cul un jour de diarrhée !

Insultes à la con

Bas de plafond !

Raclure de fond de bidet.

Dis-moi, c'est vrai que tu sers de muse à Patrick Sébastien quand il écrit ses chansons ?

Avec la tronche que tu as, tu n'as jamais pensé à faire un procès à tes parents ?

Crétin des Alpes !

Comment ça va dans les bas-fonds de l'intelligence ?

Bouge pas, je téléphone à Disneyland pour leur dire que je t'ai retrouvé. La grande parade sans Simplet, ce serait dommage !

Brise-burnes !

Toi, tu n'as pas une tête de porte-bonheur…

T'as mère n'a pas pris l'option intelligent ?

Les gens comme toi, il faudrait les stériliser !

Sous-doué de la vie !

T'es tellement laid que, quand tu ouvres une poubelle, elle te crache tout à la gueule !

Crétin de l'espace !

Les plus courtes sont les meilleures

Un RH fait passer des entretiens à des candidats :
– Pourquoi devrai-je vous embaucher ? demande-t-il à l'un d'eux.
– Eh bien… Parce que vous recrutez ?

Avec quoi les supporters du PSG se lavent-ils les fesses ?
Avec du petit Marseillais.

– Depuis que je l'ai vu, j'ai des petits gargouillis dans le ventre, confesse une fille à une amie.
– Je crois que tu es amoureuse, lui répond-elle.
– Je crois surtout qu'il m'a refilé la chiasse !

Un garçon à une fille :
– Tu ressembles à un ange tombé du ciel…
– C'est gentil, t'es trop chou !
– Mais bon, vu ta gueule, t'as dû tomber de haut !

Quelle est la maladie la plus contagieuse?
La maladie d'amour parce qu'elle met les gens au lit deux par deux…

– Alors, bientôt la Saint-Valentin? dit une femme à une amie.
– Oui, va falloir que je trouve un copain à mon cadeau…

«La guerre en Ukraine aura disparu au printemps.»
Didier Raoult

Une jeune femme découvre un crapaud et se penche sur lui pour l'observer:
– Embrasse-moi et je me transformerai en prince charmant! lui dit alors le crapaud.
La jeune femme ramasse le crapaud et se contente de lui répondre:
– Trop cool, j'ai un crapaud qui parle!

Un homme entre dans un bar et lance au barman:
– Un verre de vin, vite!
– Blanc ou rouge? demande le barman.
– M'en fous, je suis aveugle!

Blagues coquines

Comment vivre tranquille ?
Il faut se retirer. Soit à la campagne, soit au bon moment.

———

Comment les moches peuvent-ils passer des nuits superchaudes ?
En coupant la clim…

———

Une jeune femme qui porte une jupe ultramoulante s'apprête à monter dans le bus. Au moment d'enjamber la marche, elle s'aperçoit que sa jupe est trop serrée et qu'elle est dans l'incapacité de lever suffisamment sa jambe… La jeune femme passe alors sa main dans le dos et défait un peu la fermeture Éclair de sa jupe. Elle fait ensuite une nouvelle tentative pour grimper, mais toujours sans succès. Elle passe une deuxième fois sa main dans le dos et baisse totalement la fermeture Éclair. Avant même qu'elle n'essaye de grimper dans

le bus, une paire de mains l'empoigne par les hanches, la soulève et la pose sur la dernière marche du bus.
– Non mais, ça va pas ! s'offusque-t-elle tout en se retournant vers l'homme qui vient de la soulever. Je ne vous permets pas !
– Eh bien, fait l'homme, quand après avoir baissé votre fermeture Éclair vous vous êtes permis de baisser la mienne, je me suis dit que nous nous connaissions suffisamment…

Avec qui les célibataires font-ils des plans à trois ?
Avec leur oreiller et leur lit…

Un jeune homme va voir le père de sa petite copine et lui demande :
– Monsieur, je suis venu vous demander la main de votre fille !
– Ah oui ? Et pourquoi ?
– Ben… J'en ai marre d'utiliser la mienne…

Entre quels orteils les femmes sont-elles les plus chatouilleuses ?
Entre les deux gros…

Mots d'esprit

« Une fausse erreur n'est pas forcément une vérité vraie. »

Pierre Dac

« Un conseil : ne buvez pas d'alcool au volant, vous pourriez en renverser ! »

Coluche

« La présence d'une brique de jus d'orange dans le frigo ne signifie pas forcément qu'il reste du jus d'orange. Ou alors, avec une jolie couleur verte. »

Fabien Rohrhust

« Le pastis, c'est comme les seins. Un, c'est pas assez, et trois c'est trop. »

Fernandel

« Personne ne trompe sa femme, ça n'existe pas… en revanche parfois on se trompe de femme, ce sont des choses qui arrivent. »

Francis Blanche

« Si l'argent ne fait pas le bonheur… Rendez-le ! »

Jules Renard

« Quand Ève voulut un second enfant, Adam fut très embarrassé car il ne savait pas quel était le geste, parmi tous ceux qu'il avait faits, qui avait eu pour conséquence d'engendrer le premier bébé. »

François Cavanna

« À Monaco, les gangsters ne braquent pas les banques ; elles leur appartiennent… »

Laurent Ruquier

« Une femme aux cheveux châtains est une blonde modeste. »

Frédéric Dard

Le troisième âge

Un vieux couple fête ses noces d'or. Après avoir bu une coupe de champagne, le papi et la mamie se couchent tendrement l'un à côté de l'autre… Puis la mamie se colle tout contre son époux, commence à le caresser, à lui faire des petits bisous partout.
– Ça te plaît ? lui demande-t-elle.
– Oh oui ! Ça faisait longtemps !
– Allez, passe-moi mon dentier, j'ai envie de te mordre !

Sur un banc public, un petit garçon pleure toutes les larmes de son corps. Une mamie s'assied à côté de lui et tente de consoler son chagrin :
– Qu'est-ce qui te fait pleurer, mon petit ?
– Tous les copains… Snif ! ils se moquent de moi ! Ils disent que… Snif ! j'ai des grandes oreilles, des grandes dents, que je ressemble à un lapin ! Snif !
– Oh ! Mon pauvre… Dis-toi bien que ce ne sont que des méchants et des idiots !

– Oui, d'accord… Snif!
– Et puis surtout, ajoute la mamie, si je peux te donner un conseil, ne te promène pas dans la forêt au moment de l'ouverture de la chasse!

Après 60 ans de mariage, un homme de 85 ans décède. Sa veuve ne parvient pas à surmonter sa douleur et la solitude si bien que quelques jours plus tard, elle se suicide… Arrivée au paradis, elle reconnaît son mari. À sa vue, ce dernier se met à courir. Tout en s'enfuyant, il s'écrie:
– Le curé avait été très clair à ce sujet: «Jusqu'à ce que la mort vous sépare»!

Un vieux monsieur semble avoir des difficultés à rester debout. Un jeune homme lui propose gentiment sa place:
– Vous voulez vous asseoir?
– Non merci, je descends à la prochaine.
– Ah? Asseyez-vous quand même, Monsieur. Nous sommes dans un parc!

Atroces et bien dégueus

Une femme noie son chagrin au comptoir d'un bar. Un homme l'accoste…
– Vous n'allez pas bien ? lui demande-t-il.
– Non, mon mari vient de me quitter.
– Oh ! Moi aussi ma femme vient de me quitter. Je peux vous demander pourquoi un homme quitte une aussi belle femme que vous ?
– Il ne voulait plus faire l'amour avec moi…
– Ma femme m'a quitté pour la même raison ! Je ne comprends pas qu'un homme ne puisse pas avoir envie de faire l'amour à une femme comme vous…
– En fait, poursuit la femme, j'aime le sexe un peu spécial… Avec un peu de perversion, vous comprenez ?
– Si je comprends ? Bien entendu que je comprends ! Je suis exactement comme vous ! Ma femme ne supportait plus ces petites perversions, alors elle m'a quitté… Nous avons tellement de points communs que je ne crois pas que nous nous soyons rencontrés par hasard.
– Moi non plus, cela doit être le destin…
– Est-ce que vous aimeriez que l'on termine la soirée et la nuit ensemble ? Nous pourrions nous adonner à ce que nos partenaires respectifs refusaient.

La femme accepte volontiers et invite l'homme chez elle. Elle le conduit jusqu'à sa chambre, le déshabille, le fait s'allonger sur le lit puis lui annonce :
– Ne bouge pas, je vais revêtir une tenue plus appropriée !
Un quart d'heure plus tard, la femme revient. Elle porte des cuissardes en cuir, un body en latex, un collier à clou et tient une paire de menottes à la main. Quant à l'homme, il est en train de se rhabiller…
– Mais que fais-tu ? lui demande-t-elle. Tu t'en vas déjà ?
– Oui, j'ai chié dans ton sac à main… J'ai enculé le chien… J'ai fini, merci !

Dans un camp de concentration, un petit enfant juif s'amuse et tente de réaliser un château de sable avec un tas de poussière. Un soldat allemand s'approche de lui et lui dit :
– Alors mon petit, on s'amuse avec papa et maman ?

Un petit demande à sa mère :
– Dis maman, c'est quoi une fellation ?
– Mmmmh ? Mmmmmh… Mmmmmh…

Monsieur et Madame...

Monsieur et Madame **Choncémieukun** ont un fils.
Comment l'appellent-ils ?
Denis (Deux nichons, c'est mieux qu'un)

Monsieur et Madame **Taite** ont une fille.
Comment l'appellent-ils ?
Maude (Maux de tête)

Monsieur et Madame **Durdanljardain** ont une fille.
Comment l'appellent-ils ?
Sabine (Ça bine dur dans le jardin !)

Monsieur et Madame **Ellantaite** ont une fille.
Comment l'appellent-ils ?
Marthe (Martel en tête)

Monsieur et Madame **Fils** ont une fille.
Comment l'appellent-ils ?
Lorie (L'orifice)

Monsieur et Madame **Hos** ont un fils.
Comment l'appellent-ils ?
Nicolas (Nique au Laos)

Monsieur et Madame **Detoi-Héveutekité** ont deux filles et un fils.
Comment les appellent-ils ?
Hélène, Nadège, Amar (Elle en a déjà marre de toi et veut te quitter)

Monsieur et Madame **Douadanlabouche** ont un fils.
Comment l'appellent-ils ?
Medhi (Mes dix doigts dans la bouche)

Monsieur et Madame **Colombe** ont une fille.
Comment l'appellent-ils ?
Blanche (Blanche colombe)

Devinettes

Qu'est-ce qui prouve que le canal auditif est très profond ?
Parce que ce qui casse les oreilles casse aussi les couilles !

Quelle différence y a-t-il entre le soleil et toi ?
Le soleil se lève à l'est, et toi tu es complètement à l'ouest !

Qu'est-ce qui appartient à ceux qui se lèvent tôt ?
La tête dans le cul !

Quel point commun y a-t-il entre un discours politique et la levure ?
C'est gonflant.

Quel est le seul jour dans l'année où on ne gobe pas tout ce que l'on nous dit ?
Le 1er avril…

Comment prendre soin de ses dents et ne jamais les perdre ?
En ne se mêlant jamais des affaires des autres !

Quel est le comble quand on vieillit et que l'on voit moins bien ?
On ne voit plus les lettres de près mais on voit les cons de loin !

Quelle différence y a-t-il entre le ventre et le cerveau ?
Quand il est vide, le ventre envoie un signal !

Quel est le contraire de se faire des couilles en or ?
Se faire des nouilles encore…

Corona

Un homme qui refuse de mettre un masque pour se protéger de la Covid-19 dit à sa femme :
– De toute façon, avec mon tout petit nez, ça ne sert à rien que j'en mette !
– Pourtant, tu mets bien un slip ! lui répond-elle.

Par quoi les alcooliques ont-ils remplacé le pass sanitaire et le pass vaccinal ?
Par le « passe boire un coup à la maison » et le « passe-moi la bouteille » !

Ceux qui refusaient de se faire vacciner contre la Covid-19… n'était-ce pas plutôt pour éviter des dépenses au resto, au ciné… ?

Quelle différence y a-t-il entre Travolta et la Covid-19 ?
Travolta ne donnait de la fièvre que le samedi soir…

Comment le PCR anal chinois fonctionne-t-il?
Ils t'introduisent un Coton-Tige dans l'anus, le retirent puis te le mettent dans le nez. Si tu ne sens rien, c'est que t'es positif!

Comment les Anglais font-ils pour déterminer s'ils ont perdu le goût et l'odorat?
Ils mangent de la nourriture française.

Maintenant qu'avec la Covid-19 tout le monde sait se laver les mains... Pourrait-on passer aux aisselles?

Pourquoi quand on dit aux gens que l'on est positif, ça les fait flipper?

Comment appelle-t-on ceux qui refusent de porter le masque?
Des antimasques.
Et ceux qui refusent de se laver les mains?
Des antivasques.

Drôles de couples

Un couple romantique, allongé sur une plage, observe les étoiles dans le ciel :
– Oh ! Une étoile filante ! s'écrie soudain le garçon. Fais un vœu !
– Je voudrais me marier... ; souhaite instantanément la fille.
– Ah merde, non, c'était un avion...

Une femme à son mari :
– Tu te souviens quand tu as soudainement eu envie d'aller à la pêche, il y a six semaines ?
– Oui, vaguement... Pourquoi ?
– Parce que la morue vient d'appeler, elle est enceinte !

Une femme annonce à une amie :
– C'est décidé, je le quitte !
– Mais pour quelles raisons veux-tu divorcer ?
– Parce qu'il est oculiste...
– Je ne comprends pas.

– Eh bien, ça fait 10 ans qu'il me fait porter des lunettes contre la presbytie à chaque fois que l'on fait l'amour !
– Je ne connaissais pas cette perversion ?
– Il n'est pas pervers, je viens seulement de comprendre que c'est parce qu'il avait une petite bite !

—

Un homme laisse exceptionnellement sa femme prendre le volant. Au bout de quelques kilomètres seulement, cette dernière constate que son mari à côté d'elle est hyperstressé. Elle s'énerve :
– Quoi encore ! Tu vas me dire que je conduis mal, peut-être ?
– Moi ? Je ne dis rien… En revanche, je ne sais pas si tu as remarqué mais le GPS ne t'indique plus la route, il est en train de prier…

—

Un type à sa copine après l'avoir amenée au restaurant :
– Bon allez, on baise ?
– Mais !? C'est censé être une soirée romantique, quelque chose de magique !
– Ah OK… Abracadabra, on baise ?

—

Toc toc toc

– Toc toc toc !
– Qui est là ?
– Hans, Caro, Selah…
– Hans, Caro, Selah qui ?
– Hans Caro Selah, dans ce, dans ce carrousel…
(« Carrousel » – Amir et Indila)

– Toc toc toc !
– Qui est là ?
– Omar, Jodie, Sarah…
– Omar, Jodie, Sarah qui ?
– Omar Jodie Sarah, combien de temps encore, Oh ! Ma jolie Sarah, attendrai-je ton corps ?
(« Oh ma jolie Sarah » – Johnny Hallyday)

– Toc toc toc !
– Qui est là ?
– Alex'…

– Alex' qui ?
– Alex'térieur, il fait froid !

– Toc toc toc !
– Qui est là ?
– Tal…
– Tal qui ?
– Tal le look coco, coco t'as le look, pas de doute coco, t'as le look qui te colle à la peau…
(« T'as le look coco » – Laroche-Valmont)

– Toc toc toc !
– Qui est là ?
– Emma, Jeannine…
– Emma, Jeannine qui ?
– Emma Jeannine, imagine. Imagine, imagine…
(« Imagine » – Zaz)

Trop blondes

Une blonde a été retrouvée morte gelée devant l'entrée d'un parc d'attraction. Il semblerait qu'elle faisait la queue pour aller voir le film « Fermé pour l'hiver ».

Une fille demande à sa copine blonde :
– Tu as déjà été amoureuse ?
– C'est où Moureuse ?

– Ça partouze grave sur les autoroutes, je trouve ! lance une blonde à sa copine.
– Ah bon ?
– Ouais, j'ai regardé la carte, elle indique des échangeurs partout !

Une blonde à une amie :
– Tu es bien d'accord pour dire qu'il faut se peser nue sur une balance ?

– Oui, pour connaître son véritable poids...
– Ah ! Ben, explique-moi alors pourquoi cette conne de pharmacienne m'a foutue dehors !

– Comment ça 3 points ? s'étonne une blonde à qui un gendarme dresse une contravention. Vous donnez des points maintenant ?
– Absolument ! Et au bout de 12, vous gagnez un vélo !

Une enseignante demande à une adolescente blonde.
– Vous avez déjà lu *Roméo et Juliette* ?
– J'ai lu Roméo mais pas encore Juliette.

Une brune demande à une blonde :
– Quand tu fais l'amour, tu parles à ton mari ?
– Ben... S'il me téléphone, oui !

– Pfff... Je crois que je vais partir en vrille ! dit un gars à sa copine blonde.
– Tu m'amènes ? Je n'y suis jamais allée !

Toto interroge sa mère à propos de sa rencontre avec son père :

– Comment vous vous êtes connus ?

– J'ai connu ton père grâce à un site de rencontre, lui répond sa mère.

– C'est quoi ?

– C'est un site internet sur lequel tu t'inscris pour trouver l'âme sœur.

– Et c'est payant ?

– Oui, je crois que ça m'avait coûté 20 euros.

– Alors, ça ne m'étonne pas !

– Quoi donc ?

– À ce prix-là, tu ne pouvais pas trouver grand-chose...

La maîtresse envoie Toto au tableau...

– Toto, récite-nous la leçon !

– Heu... Je... C'est que...

– Alors, Toto ? C'est pour aujourd'hui ou pour demain ?

– Ben... Si j'ai le choix, je préférerais demain !

La maîtresse à Toto :
– Combien font 9 que multiplie 6 ?
– Heu... Beaucoup, Madame !
– Voyons les choses autrement... Combien font 9 plaques de chocolat multipliées par 6 ?
– Heu... Une sacrée crise de foie !

Excédée par son fils trop turbulent, la maman de Toto se fâche :
– Bon, maintenant, ça suffit ! Je suis fatiguée ! File immédiatement au lit !
– Et voilà, répond Toto. À chaque fois que tu es fatiguée, c'est moi qui dois aller me coucher...

La maîtresse explique à sa classe :
– Saviez-vous qu'au moment où je vous parle, à chaque fois que je respire, quelqu'un meurt dans le monde ?
Toto lève la main et lui dit alors :
– Est-ce que vous vous lavez bien les dents avec du dentifrice pour ne pas sentir de la bouche ?

Les répliques de ciné

«Avec un peu de chic, elle serait pas mal. C'est comme mon hareng, avec un peu de sauce, il serait pas mal…»
La Vieille Fille (1972) de Jean-Pierre Blanc avec Annie Girardot, Philippe Noiret, Marthe Keller

---

«Y paraît que celui qui a inventé la bombe atomique, il aimait vachement les gens ! Alors arrête de me rendre service, tu veux !»
Viens chez moi, j'habite chez une copine (1981) de Patrice Leconte avec Michel Blanc

---

«L'hospitalité anglaise, on connaît les précédents… Y a des récits plein les manuels.»
Ne nous fâchons pas (1966) de Georges Lautner avec Lino Ventura, Mireille Darc, Jean Lefebvre

---

« Du vin, servante, que j'pisse à foison ! »
Les Visiteurs (1993) de Jean-Marie Poiré avec Jean Reno, Christian Clavier, Valérie Lemercier, Marie-Anne Chazel, Isabelle Nanty

---

– Excusez-moi, je passais par hasard et j'ai pensé qu'un peu de café vous ferait plaisir.
– Oh, c'est très aimable à vous, merci… oh, mais asseyez-vous donc.
– Du lait ?
– Non merci, je le prends noir, comme mes hommes.
Y a-t-il un pilote dans l'avion ? (1980) de Jim Abrahams et David Zucker avec Robert Hays, Julie Hagerty, Peter Graves

---

« Les yeux dans les yeux, je vous le demande et vous supplie de me répondre : voulez-vous du beurre sur le pain ? »
Faisons un rêve (1936) de Sacha Guitry avec Sacha Guitry, Raimu, Jacqueline Delubac

---

Blagues à papa

Que mangent les mécaniciens ?
Un mars, et ça répare…

Quel point commun y a-t-il entre les réseaux sociaux et Hélène Ségara ?
Y a trop de gens qui meme…

Pourquoi faut-il aller au lit ?
Parce que le lit ne vient pas à nous.

Que crie Jean-Pierre au moment de Noël ?
Jean-Pierre pas pin !!!

Pourquoi un éléphant ne passe-t-il pas à travers le chas d'une aiguille ?
Parce qu'un plaisantin a fait un nœud à sa queue !

Comment se nomme le religieux qui vit dans les bois ?
C'est rabbin des bois !

Que dire à un fromager qui joue à des chiffres et des lettres ?
Le comté, bon.

Comment dit-on « les impôts ont augmenté » en japonais ?
Tula Danlku.

Quel est le comble pour un fumeur ?
C'est de se faire passer à tabac…

Quel est le comble pour un cycliste ?
C'est d'en connaître un rayon…

Quel est le comble pour un agent de police ?
C'est de souffrir de troubles de la circulation.

L'abus d'alcool est dangereux pour la santé

Un type bourré se confie à un ami :

– Y a qu'un seul verre dans ma vie que j'ai jamais osé boire !

– Lequel ?

– C'est celui qu'un jour ma femme m'a donné en me faisant un clin d'œil… De ma vie, jamais l'alcool ne m'a fait aussi peur !

Quelle est la maladie préférée des alcooliques ?

Le rhum…

– Le docteur m'a dit que l'alcool faisait grossir et qu'il fallait que je danse pour perdre du poids ! dit un gars au barman.

– Oui, mais pourquoi buvez-vous alors ? lui répond-il.

– Ben… C'est l'alcool qui me fait danser !

Quelle est la devise des ivrognes?
Liberté, égalité, ressers-moi un rosé!

– Une tarte aux pommes! commande un alcoolique au barman.
– Désolé, je n'ai pas ça! lui répond ce dernier.
– Bah... C'est pas grave, t'as qu'à remplacer les pommes par un calvados et la pâte par des cacahuètes!

Un type entre dans un bar et commande au barman:
– Je voudrais un Kstenkotovoskylotchilodrop à la fraise, s'il vous plaît!
– Un Kstenkotovoskylotchilodrop à la quoi?

Quelle expression détestent les alcooliques?
Il faut mettre de l'eau dans son vin...

Trois femmes discutent:
– Moi, j'utilise de la crème antirides!
– Moi, de la crème hydratante.
– Moi, du crémant de Bourgogne...

Perles de coiffeurs

Après tout, pourquoi pas ?

– Certains se rabattent les cheveux du côté sur le haut du crâne pour cacher leur calvitie ! Que c'est moche ! Ils feraient mieux de mettre un postiche !

– Parce que vous croyez qu'ils seraient mieux avec un Post-It® sur la tête ! ?

Dans la série les mystères du corps humain :

– Je trouve que j'ai la tête qui dépasse des épaules, non ?

– ... ?

Dialogue de sourds :

– Tiens ? De ce côté, vous avez des nœuds… Marrant…

– Des nœuds marins ! ?

En langage professionnel, on ne parle pas de perruque mais de postiche :

– Vous n'avez jamais envisagé de mettre un postiche ?

– Une potiche !

– Non, une perruque…
– Ah bon ! L'espace d'un instant, je me suis vu porter de l'eau dans une potiche sur la tête !

———

Nouveau : la coupe de cheveux spécial arbre de Noël !
– Ça se fait de garder les papillotes sur les cheveux ?
– Pourquoi ?
– Je trouve ça marrant… Ça fait joli, non ?
– Non, ça ne se fait pas !

À l'approche des fêtes, toutes les fantaisies semblent permises. Ou presque…
– Si vous voulez, je peux vous faire des mèches de différentes couleurs pour les fêtes. Bleus, rouges…
– C'est le Nouvel An des perroquets ?

———

Il est peut-être temps que ce salon repense sa devanture !
– Bonjour, je voudrais une boîte de Doliprane, s'il vous plaît !

Mais parfois la devanture n'y est pour rien…
– Bonjour, j'aurais besoin de lunettes… Où sont vos collections ?

———

Les hommes les femmes

Que dire à son mari pour qu'il fasse le ménage de toute la maison de fond en comble ?
Chéri, quand on aura fini le ménage, faut que je te parle d'un truc que j'ai vu sur ton téléphone…

Quelle différence y a-t-il entre les bières et les femmes ?
Quelles soient blondes ou brunes, mieux vaut celles qui font pisser que celles qui font chier !

Pourquoi il ne faut pas envoyer plusieurs SMS à un homme ?
Parce qu'il n'est capable de répondre qu'au dernier reçu…

Comment savoir si une femme a eu un orgasme ?
On s'en fout…

Qu'est-ce qui fait que tous les hommes sont beaux?
La nuit.

Alors que son fils est en train de dessiner, son père s'assoit à ses côtés et s'empare d'un crayon pour réaliser un dessin:
– Qu'est-ce que tu dessines, papa?
– Je dessine la femme parfaite… Tu la trouves jolie?
– Oui, mais il manque la bouche!
– J'ai dit la femme «parfaite».

Qu'est-ce qui fait rêver les petites filles quand elles regardent Cendrillon?
Le prince charmant.
Et qu'est-ce qui fait rêver les mamans quand elles regardent Cendrillon?
Les animaux qui font le ménage…

Pourquoi les femmes sont-elles plus séduisantes en été qu'en hiver?
Parce qu'il est plus facile de séduire avec des tenues légères qu'avec la personnalité.

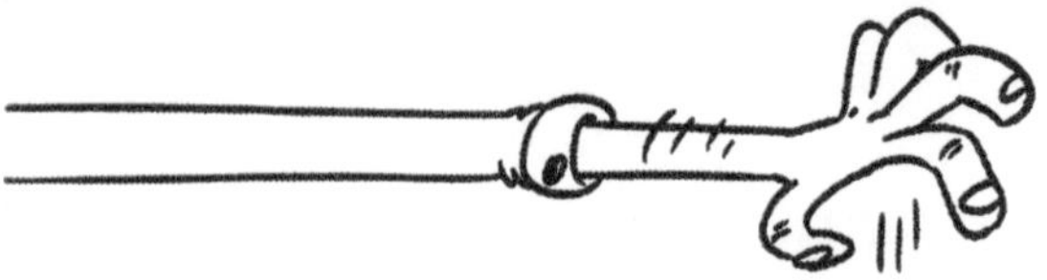

Comment emmerder le monde

Lorsque vous êtes serrés contre quelqu'un dans les transports en commun ou dans une file d'attente, soufflez-lui dans le cou ou sur la joue…

Mettez votre clignotant à gauche lorsque vous tournez à droite, à droite lorsque vous allez à gauche et, de temps en temps, juste pour le plaisir, mettez-le lorsque vous n'avez pas l'intention de tourner.

Lorsque vous tirez les rois et que vous tombez sur la fève, cachez-la sans jamais révéler l'avoir eue. Observez chacun accuser l'autre de l'avoir dissimulée, et celui qui a acheté le gâteau pester contre son pâtissier.

Soyez original, envoyez vos vœux sur des cartes de condoléances !

Sur Facebook, créez des groupes à la con et inscrivez-y tous vos amis.

Demandez à quelqu'un combien il gagne par mois, à 2000 ou 3000 euros près…

Les enfants qui mangent des glaces sont vraiment très maladroits ! Le moindre coup de coude ou de genou suffit à les faire tomber !

En l'absence de votre collègue, gonflez 300 ballons de baudruche dans son bureau.

Aux SMS que vous recevez, ne répondez qu'avec des émoticônes. N'importe lesquels, choisissez au hasard.

Invité chez des gens, dites à votre hôte : « Je voulais t'acheter des fleurs, mais c'était fermé. Je me suis dit que j'allais t'offrir une corbeille de fruits, mais il n'y avait pas tellement de choix. Alors je t'ai amené un régime de bananes… »

La ronde des métiers

Chauffeur de bus

Un type bourré monte dans un bus et trouve une place assise au milieu. Soudain, il se met à hurler :

– Tous ceux qui sont derrière moi sont des enculés ! Tous ceux qui sont à ma droite sont des fils de pute ! Tous ceux qui sont à ma gauche sont des connards ! Tous ceux qui sont devant moi sont des petits pédés !

Le chauffeur donne alors un grand coup de frein qui immobilise le bus et renverse les passagers. Il se lève de son siège et se rend jusqu'à l'ivrogne, le soulève par le col et lui demande :

– Répète un peu ce que t'as dit ? C'est qui les petits pédés ici ?

– Bah… J'en sais rien ! dis le gars, maintenant vous avez mélangé tout le monde !

Officier

Durant l'Occupation, un homme se rend à la Kommandantur pour demander à changer de nom.

– Comment fous fous appelez ? demande l'officier de la Gestapo.

– Je m'appelle Adolphe Merde et je ne supporte plus de m'appeler ainsi, je suis victime de railleries.
– « Railleries » ?
– Oui, grosses rigolades.
– Ya, Ya ! Yé comprends ! Fous foulez changer de nom pas beau. Comment fous foulez fous appeler ?
– Bernard Merde.

Barman

Tous les jours depuis un mois, un type entre dans un bar et commande un café au comptoir qu'il paye 2 euros 50 en posant une pièce de 50 centimes devant lui, puis en jetant de part et d'autre du zinc deux pièces de 1 euro. À chaque fois, le barman prend la pièce devant le client puis est contraint de se rendre aux deux extrémités du comptoir pour récupérer les deux autres pièces. Un jour, le client entre dans le bar, s'installe au milieu du comptoir, commande un café mais pose cette fois-ci un billet de 5 euros devant lui… Le barman voit là l'occasion rêvée de se venger ! Il rend donc la monnaie au client en déposant une pièce de 50 centimes devant lui, une à l'extrémité droite du comptoir, et l'autre à l'extrémité gauche ! Le client regarde alors le barman en souriant et lui dit :
– Un autre café, s'il vous plaît !

Les questions connes

Si l'on trouve une personne belle à croquer… Est-ce parce qu'on est *food* d'elle ?

Faut-il prendre son temps pour prendre son pied ?

Un ex qui t'invite à prendre un verre… C'est un pot sur le revenu ?

Celui qui ne fait pas dans la dentelle, peut-il apprécier la lingerie fine ?

Franchement, à part un eunuque, qui peut n'en avoir rien à branler ?

Je pèse mes mots mais… Avec quelle balance ?

Quand l'alcool nous monte à la tête, c'est parce qu'on a une mauvaise descente ?

Le jour de la Saint-Valentin, si on vous invite à prendre un coup… De quoi parle-t-on ?

Ceux qui ne savent rien faire et qui sont de vrais branleurs, qu'ont-ils dans la main ? Un poil pubien ?

Un unijambiste… A-t-il quand même eu une chance sur deux de pouvoir toujours se lever du bon pied ?

Quand on ne veut plus faire la vaisselle, on peut dire que l'on jette l'éponge ?

Tous ces gens à qui l'on a dit d'aller se faire enculer… Y sont-ils parvenus ?

Un cul-de-jatte peut-il courir les filles ?

Les plus courtes sont les meilleures

Un berger basque entre dans un sex-shop et demande :
– Vous avez des brebis gonflables ?

– Qu'est-ce que tu manges, là ? demande une fille à une copine.
– C'est un yaourt minceur !
– Prends-en deux.

Un gars voit un nain sortir d'un magasin d'électroménager avec une grande télé dans les bras :
– Vous souhaitez que je vous aide à porter votre téléviseur jusqu'à votre voiture ? lui propose-t-il gentiment.
– C'est un iPad, connard !

Un loup malvoyant traverse la route. Une voiture arrive et… p'Afflelou !

En Belgique, une institutrice explique ce que sont les pléonasmes et donne quelques exemples :
– Un petit nain… Descendre en bas… Quelqu'un peut-il me donner un autre exemple ?
Et un petit lui répond :
– Un primitif flamand…

Quelle différence y a-t-il entre une cigale et Marlène Schiappa ?
Quand tu t'approches de la cigale, elle se tait !

– Quelle est différence y a-t-il entre toi, la lune et une carotte ?
– Je sais pas…
– La lune est un astre et toi un désastre.
– Et la carotte ?
– La carotte, tu te la fous dans le cul !

Un citadin raconte à un paysan :
– J'ai un chien, il est extraordinaire ! À chaque fois que je rentre du boulot, il va me chercher mes pantoufles !
– Bah moi, fait le paysan, quand mon cochon me voit avec une bouteille à la main, il met sa queue en tire-bouchon !

Atroces et bien dégueus

Deux prêtres se rencontrent :
– Tiens ? fait le premier. Tu n'aurais pas un peu grossi ?
– Pas du tout ! Je rentre encore dans du 12 ans !

Un petit garçon malade demande à sa mère :
– Pourquoi tu me prends la température dans la bouche, tu me l'as déjà prise dans les fesses ?
– Oui, mais là, c'est pour nettoyer le thermomètre !

Comment appelle-t-on un chat qui ne s'enfuit pas en courant quand on lui donne un coup de pied ?
Un chat mort.

Pourquoi les myopathes ne conduisent-ils pas de voitures ?
Parce qu'ils n'atteignent pas l'âge du permis.

Au comptoir d'un bar, un gars se confie à un inconnu :
– Hier, ma femme s'est foutue de moi quand je lui ai dit que j'avais encore le corps d'un jeune homme de 15 ans !
– Ah ?
– Mais… elle a beaucoup moins ri quand je lui ai montré les morceaux dans le congélateur !

Quel point commun y a-t-il entre les juifs et les chaussures ?
Il y en a plus en 39 qu'en 45…

Un professeur de sciences physiques interroge sa classe :
– Qui peut donner le nom d'un excellent combustible ?
Un petit juif lève la main pour être interrogé et interpelle son professeur :
– Moi, Monsieur !
– Excellente réponse !

Qu'arrive-t-il à une prostituée qui attrape la lèpre ?
Son business part en morceaux…

Mots d'esprit

« Certaines femmes que j'invite au restaurant sont incorrectes et grossières. Elles parlent trop fort. Ça m'empêche d'écouter les conversations des tables voisines. »

Patrick Sébastien

« La guerre, c'est une chose trop grave pour la confier à des militaires. »

Georges Clemenceau

« Les femmes de mœurs légères ont parfois la tâche lourde avec les hommes de poids. »

Pierre Dac

« Le barbecue, en gros, c'est un appareil qui te permet de manger des saucisses pratiquement crues mais avec les doigts bien cuits. »

Coluche

«Ma femme ? Je ne saurais mieux la comparer qu'à une invention française. C'est moi qui l'ai trouvée… et ce sont les autres qui en profitent.»

Henri Duvernois

«Il est mort, alors pourquoi irais-je à son enterrement, puisque je suis sûr qu'il n'ira pas au mien ?»

Jacques Prévert

«Je n'ai pas échoué, j'ai trouvé dix mille moyens qui ne fonctionnent pas.»

Albert Einstein

«La femme ne voit jamais ce que l'on fait pour elle ; elle ne voit que ce que l'on ne fait pas.»

Georges Courteline

«Ne faites jamais l'amour le samedi soir, car s'il pleut le dimanche, vous ne saurez plus quoi faire.»

Pierre Desproges

Les belles-mères

Un homme téléphone à sa belle-mère pour lui annoncer une mauvaise nouvelle :
– Je voulais juste vous dire que je quitte votre fille !
– Mais comment ça ? s'étonne-t-elle.
– Elle me trompe ! J'étais parti en voyage d'affaires, je lui ai envoyé un e-mail pour lui dire que je rentrais un jour plus tôt, et lorsque je suis arrivé à la maison, je l'ai surprise au lit avec un autre homme !
– Attendez… Calmez-vous, implore la belle-mère. Je connais parfaitement ma fille, je sais qu'elle est incapable de faire une telle bêtise ! Je lui téléphone et vous rappelle aussitôt.
Quelques minutes plus tard, la belle-mère rappelle son gendre :
– Voilà, j'avais raison. C'est bien ce que je pensais, elle est incapable de faire une telle bêtise !
– Mais comment ça ?
– Elle n'avait tout simplement pas reçu votre e-mail !

Qu'est-ce que 30 belles-mères qui se tiennent la main ?
Une clôture de vaches.

Un gendre assiste à l'enterrement de sa belle-mère. À la fin de la cérémonie, le prêtre aborde le gendre :
– Vous savez, votre belle-mère était très croyante. Vous êtes certain de vouloir la faire incinérer ?
– Que voulez-vous, c'est plus sûr…

Un type raconte à un pote :
– Hier, ma belle-mère a refait surface…
– Merde, elle est revenue vivre chez vous ?
– Non, la corde qui la retenait au bloc de béton a dû céder…

Un type à un collègue de bureau :
– Ce week-end, j'ai pissé dans ma piscine ! avoue-t-il.
– Mais t'es dégueulasse ! Dans ta propre piscine ?
– Oui, mais j'ai une bonne excuse, ma belle-mère était en train de s'y noyer !

Hommes et femmes en blanc

Une vieille paysanne souffrante est alitée. Son mari appelle un médecin. Après avoir ausculté son épouse, ce dernier lui annonce :
– Ce n'est pas grand-chose mais pour le moment elle dans un état quasi comateux.
Après son départ, la paysanne demande à son mari :
– Alors, qu'est-ce qu'il t'a dit, le docteur ?
– Bah… Que ça va mais t'es comme ma queue…
– Boudiou ! J'suis pas près de me relever !

Une vieille femme se rend chez le dentiste. Elle retire sa robe, enlève sa culotte et s'allonge sur le siège les jambes grandes écartées. Le dentiste est stupéfait !
– Mais ! ? Qu'est-ce que vous faites ! Je suis désolée, Madame, mais je crois que vous vous trompez de spécialiste, je ne suis pas gyné…
La mamie l'interrompt :
– Taisez-vous ! C'est vous qui avez mis à mon mari son dentier, alors c'est vous qui allez me le retirer !

Quel point commun y a-t-il entre un livreur de pizza et un gynécologue ?
Ils peuvent tous les deux la sentir, mais ils ne peuvent pas la bouffer !

Une vieille dame se rend chez son vétérinaire avec un aspirateur à la main :
– Eh bien ? fait le vétérinaire. Vous encore eu des problèmes avec votre chihuahua ?

Une femme qui vient de se faire opérer des seins retourne voir son chirurgien plastique :
– Je suis furieuse ! Je vous avais demandé des seins en forme de poire, pas de compote !

Un homme vient de faire un second arrêt cardiaque et une intervention chirurgicale est nécessaire :
– L'opération va-t-elle me coûter cher ? demande le patient au chirurgien.
– Ne vous préoccupez pas de ça, ça ne concerne que vos héritiers !

C'est comme...

Je suis pâché. C'est comme fâché mais je ne le suis plus...

———

J'ai un torticolique. C'est comme un torticolis et ça me fait bien chier !

———

Je suis bav-hard. C'est comme bavard mais je ne parle que de cul.

———

Je suis flemministe. C'est pas du tout comme féministe, je veux juste qu'on reconnaisse mon droit à ne rien faire.

———

Je suis fêtigué. C'est comme fatigué mais seulement parce que je sors trop souvent...

———

J'ai des cœurbatures. C'est comme des courbatures mais je suis juste amoureux…

Je fais bien l'humour. C'est comme l'amour mais ça les fait toujours rire…

Je suis pas photohygiénique. C'est comme photogénique mais je ne me suis pas lavé…

Je suis magnifake. C'est comme magnifique mais c'est grâce au maquillage…

Je bois comme un tronc. C'est la même chose que comme un trou mais j'ai toujours une sacrée gueule de bois !

J'aime les pautes. C'est les potes, les pâtes et les putes…

Devinettes

À quoi servent les trains à grande vitesse?
À arriver plus vite en retard…

Comment font les vipères?
Salut, ça va!

Comment s'appelle celui qui se déplace toujours avec des musiciens?
Le batteur.

Quelle est la version adulte de: «J'vais l'dire à ma mère!»?
Je vais en parler à mon avocat!

Quel appareil électroménager fait rétrécir les vêtements?
Le frigo…

Quel point commun y a-t-il entre être con et avoir de la salade entre les dents ?
Tant que tu fermes ta gueule, personne ne s'en aperçoit !

Qu'est-ce qu'un franc-maçon ?
Quelqu'un qui doit te construire un mur et qui te dit clairement que les travaux auront du retard !

Quelle différence y a-t-il entre faire son premier saut à l'élastique et prendre sa voiture ?
Dans le premier cas on a peur du vide et dans l'autre peur du plein…

Pourquoi le réchauffement climatique est-il un danger pour nos oreilles ?
Parce qu'Aya Nakamura pourrait sortir des tubes de l'été toute l'année…

Sur Terre, quelle est la pire des espèces ?
Les espèces d'abrutis !

Les questions connes

Pourquoi préfère-t-on les faux seins aux faux culs ?

Puisque la bouche est plus grosse que le trou du cul… Pourquoi les cachets sont-ils plus petits que les suppositoires ?

Peut-on payer en tickets-restaurants dans une animalerie ?

Si nous sommes tous des enfants de Dieu… Peut-on partout bénéficier du tarif enfant ?

À partir d'un certain âge, ne vaut-il pas mieux attendre que les beaux divorces que de se taper les moches qui restent ?

Pandémie, Présidentielle, Poutine… Après l'année des « P », passera-t-on enfin à celle du « Q » ?

Ceux qui ont toujours faim… N'est-ce pas parce qu'ils ont trouvé l'appétit que d'autres ont perdu ?
Celui qui a inventé la correction automatique est-il un gros canard ?

Ne pourrait-on pas remplacer l'expression « Le monde est petit ! » par « Oh putain non, pas toi ici ! »

Le vieux après qui l'on gueule parce qu'il fait ses courses le samedi après-midi à la vitesse d'un escargot… En fait, peut-être est-il parti de chez lui le vendredi matin ?

Pourquoi les femmes donnent-elles des surnoms mignons à leurs hommes et appellent-elles tous leurs ex par « l'autre gros con ! » ?

Drôles de couples

Une fille à son petit copain :
– Fais-moi devenir papillon !
– Ça confirme ce que je pense de toi…
– C'est-à-dire ?
– T'es qu'une larve.

Une femme remarque la fatigue extrême d'une de ses amies…
– Il faut que tu te reposes, tu sembles crevée. Je me trompe ?
– Non, je n'en peux plus… Depuis l'accident de mon mari, je passe mes journées et mes nuits à le surveiller.
– Mais tu as bien pris une infirmière, non ?
– Justement, c'est pour ça que je le surveille…

Un homme s'agenouille devant sa petite amie…
– Oh ouiiiii ! s'écrie-t-elle.
– Comment ça « oui » ? fait l'homme.

– Oui, je veux bien t'épouser !
– Ah mais non, je te regardais par en dessous, je crois que tu as une crotte de nez qui dépasse !

Une fille avoue à son petit copain :
– Je ne veux faire l'amour qu'après le mariage…
– Pas de soucis, je te comprends… Tu me téléphoneras quand tu seras mariée ?

À l'approche des fêtes de fin d'année, une femme demande à une amie :
– Alors, tu commences à préparer Noël ?
– Tu sais, chez moi, c'est un peu Noël toute l'année alors…
– Ah bon ?
– Oui, je crèche avec un âne !

Un couple dont les fins de mois sont de plus en plus difficiles essaye de s'en sortir…
– Si tu savais faire la cuisine, dit le mari, on pourrait se passer de la cuisinière à gaz et utiliser le barbecue.
– Et si tu savais faire l'amour, lui répond sa femme, on pourrait couper le chauffage !

Monsieur et Madame...

Monsieur et Madame **Hau** ont une fille.
Comment l'appellent-ils ?
Annie (Agneau)

Monsieur et Madame **Hesseduchef** ont un fils.
Comment l'appellent-ils ?
Jackie (J'acquiesce du chef)

Monsieur et Madame **Étoumonfricofisk** ont deux fils.
Comment les appellent-ils ?
Jeff, Phil (J'ai filé tout mon fric au fisc)

Monsieur et Madame **Heurindélébil** ont un fils.
Comment l'appellent-ils ?
Marc (Marqueur indélébile)

Monsieur et Madame **Hiaiduboi** ont une fille.
Comment l'appellent-ils ?
Jessie (J'ai scié du bois)

Monsieur et Madame **Koseukrai** ont deux fils.
Comment les appellent-ils ?
Jeff, Philémon (J'ai filé mon code secret)

Monsieur et Madame **Laipandulaleur** ont un fils.
Comment l'appellent-ils ?
Jérémie (J'ai remis les pendules à l'heure)

Monsieur et Madame **Hunebiérofré** ont une fille.
Comment l'appellent-ils ?
Jaimie (J'ai mis une bière au frais)

Monsieur et Madame **Golote** ont un fils.
Comment l'appellent-ils ?
Terry (T'es rigolote)

Trop blondes

– Depuis que je me concentre sur les choses positive, je suis heureuse ! avoue une blonde à une amie.
– Tu as raison !
– Et encore aujourd'hui, on m'a dit que j'étais super !
– Je suis contente pour toi.
– En fait, la phrase exacte c'était : « T'es superconne ! », mais je ne garde que le positif…

Un garçon et sa copine blonde vont se coucher toutes lumières éteintes. Soudain, un grand « boum » fait sursauter le gars :
– Qu'est-ce que c'est ! s'écrie-t-il.
– Ce n'est rien, répond sa copine, c'est ma chemise de nuit qui est tombée par terre.
– J'ai eu l'impression que c'était quelque chose de beaucoup plus lourd !
– C'est parce que j'étais dedans…

Une blonde se présente à un entretien d'embauche. Après l'avoir invitée à s'asseoir le directeur du personnel dit :
– Prénom ?
– Sofia.
– Nom...
– Mais si !

Une blonde se rend chez un ORL et se plaint de vives douleurs à une oreille :
– Vous avez mal à l'intérieur ou à l'extérieur ? lui demande le médecin.
La blonde se lève, quitte la pièce puis revient un instant plus tard en répondant :
– Les deux !

Une blonde se confie à son gynécologue :
– On m'a dit qu'une barre chocolatée était un excellent substitut pour remplacer le sexe... Est-ce vrai ?
– Oui, tout à fait.
– Mais alors, comment l'empêcher de fondre ?

Blagues coquines

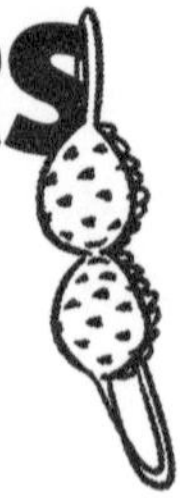

Un gars est au téléphone avec un pote et lui annonce :
– Faut que je pense à changer mon statut « célibataire » en « relation compliquée » ...
– Ah bon, pourquoi ?
– Je me suis cassé le poignet…

Pourquoi les sadomasos tombent-ils rapidement amoureux ?
Parce qu'ils s'attachent facilement…

Une femme entre dans une pharmacie et demande :
– Est-ce que vous vendez des préservatifs XXL ?
– Oui, Madame.
– Bien, je peux attendre ici et voir qui les achète ?

Un jeune couple s'apprête à faire l'amour pour la première fois…
– Fais bien attention avec moi, lui demande la jeune fille, je suis une princesse !
– Ah mince ! Je risque d'avoir des paillettes sur la bite ?

Quelle différence y a-t-il entre faire l'amour et les films sur Netflix ?
On ne peut pas ignorer l'introduction…

Un paysan a pour fidèle compagne une vieille poule qu'il ne quitte jamais, même pour sortir. Se rendant au cinéma où les animaux sont interdits, il dissimule la poule dans son pantalon. Une fois installé et le film commencé, il ouvre sa braguette pour que la poule puisse enfin sortir la tête et prendre l'air. À côté du paysan est assise une vieille femme. Elle se penche vers son mari et lui chuchote à l'oreille :
– Il y a un pervers à côté de moi !
– Ah ?
– Oui, il a sorti son sexe de son pantalon !
– Ma foi, tu en as vu d'autres, non ?
– Oui, mais celui-là, il mange mes pop-corns !

Les répliques de ciné

– *Buenas noches.*
– Mais tu parles espagnol ! ?
– *Un poquito…*
– Et tu crois que tu m'impressionnes ? Moi je sais dire : « Allons à la plage, Monsieur Renard » ! *Vamos a la playa senor Zorro !*
La Classe américaine (1993) de Michel Hazanavicius et Dominique Mezerette

———

– Je suis poursuivi, soudain je me retourne, et j'abats deux tueurs avec ma troisième main !
– Avec votre troisième main ?
– Ma main qu'est sur le ventre !
– Évidemment, sa troisième main !
– Et c'est là que je me suis donné un coup sur la tête… Grrrr ! Paf !
– Un coup sur la tête… Tiens, tiens…
Fantômas se déchaîne (1965) d'André Hunebelle avec Louis de Funès, Jean Marais, Mylène Demongeot

———

– On me propose un boulot dans une station-service, place Pereire. Le pompiste est un pote.
– C'est pas le premier que tu rencontres. La dernière fois que tu as causé avec un pompiste, tu avais même un revolver à la main.
Mélodie en sous-sol (1963) d'Henri Verneuil avec Jean Gabin, Alain Delon, Viviane Romance

———

– Mais qu'est-ce que c'était que cette fusillade ? On ne se serait pas permis de vous flinguer sur le domaine ?
– Eh ben, on s'est permis.
Les Tontons flingueurs (1963) de Georges Lautner avec Lino Ventura, Bernard Blier, Francis Blanche, Claude Rich, Jean Lefebvre, Jacques Dumesnil

———

– J'ai vu trois de ces cache-poussière tout à l'heure, ils attendaient un train. Y avait trois hommes à l'intérieur des cache-poussière…
– Alors ?
– À l'intérieur des hommes, y avait trois balles.
Il était une fois dans l'Ouest (1968) de Sergio Leone avec Charles Bronson, Henry Fonda, Claudia Cardinale

———

Humour noir

Comment un enfant peut-il faire 5 000 pompes en 20 heures ?
En Chine, dans une fabrique de chaussures…

Le juge interroge un prévenu :
– Pouvez-vous expliquer ? Pourquoi avoir tué votre femme le lendemain de votre nuit de noces ?
– La nuit porte conseil…

Qu'est-ce qui a deux pattes et qui saigne ?
Un demi-chien.

À quoi reconnaît-on un chat écrasé ?
Il fait 10 mm d'épaisseur.

Un vieil homme immensément riche vient de décéder. Lors de son enterrement, le prêtre remarque une

femme qui s'est isolée dans un coin du cimetière et qui pleure toutes les larmes de son corps. Il va la voir et lui dit :
– Vous avez beaucoup de chagrin…
– Oh oui !
– Vous êtes de la famille ?
– Ben non, justement !

Qu'est-ce qui est blanc et qui tombe pendant les hivers très froids ?
Les petits vieux…

Quelle différence y a-t-il entre un ascenseur français et un ascenseur africain ?
Dans un ascenseur français il est écrit « 4 personnes, 300 kg » et dans un ascenseur africain « 10 personnes, 300 kg ».

Quand un lépreux quitte-il une partie de poker ?
Quand il perd la main…

Les dragueurs

Un mec drague lourdement une nana :
– Tu me fais penser à une créature mythologique ! lui avoue-t-elle.
– Ah oui ? Laquelle ?
– Je ne sais plus comment elle s'appelle, elle a un corps d'homme et une tête de con…

Un type lourdaud drague une fille :
– Quand j'étais petit, j'adorais la pêche aux canards ! lui dit-il.
– Moi, lui répond-elle, c'est la chasse aux connards !

Un gars envoie un SMS à une blonde :
Lui : Je ne sais pas comment dire je t'aime à une fille…
Elle : Envoie-lui un SMS !
Lui : Je t'aime.
Elle : Moi aussi mon pote ! Alors tu l'as envoyé ?
Lui : À l'instant…

Elle : Et elle t'a répondu ?
Lui : Laisse tomber, je crois qu'elle est trop conne…

– Tu me trouves comment ? demande une fille à un garçon.
– Un peu grosse… Et toi ?
– L'esprit étroit.

Une fille dévoile une méthode de drague à une copine :
– La semaine dernière, j'ai fait exprès d'oublier mon sac à main dans la voiture d'un mec pour qu'il me rappelle !
– Pas con ! Et alors ?
– J'ai plus de sac…

Un gars aborde une fille lors d'une soirée :
– Salut, belle demoiselle ! Je vous offre un verre ?
– Oublions le verre et gagnons du temps : tu ne voudrais pas plutôt aller directement chez toi ?
– Waouh ! Mais bien sûr, ma beauté !
– OK, alors rentre bien !

Perles d'enseignants

Les prétentions d'un cheval de course, les résultats d'un âne.

« Dépêche-toi un peu… Tu as l'énergie d'un sénateur sous sédatifs ! »

« Vous laisserez votre empreinte dans l'histoire : celle du début de la régression de l'espèce humaine ! »

« La prochaine fois, écrivez plus gros où je vous mettrai une note proportionnelle à la taille de votre écriture ! »

Progresse constamment mais sûrement vers le 0.

Crache en classe. Mûr pour le cirque et faire le lama.

Inspiration divine ? Chance du débutant ? Dons de voyance ? Triche ? L'essai reste à transformer ! 20/20

Pépites, perles, lapsus… Le bêtiser de l'année !

« J'ai une mauvaise nouvelle, la greffe de cerveau n'existe pas encore ! Et vous n'êtes pas non plus celui qui parviendra à la réaliser un jour… »

Heureusement que la cloche sonne pour le réveiller !

Copie aussi légère qu'une bulle, mérite une bulle…

Sèche parfois les sorties avec les copains pour venir en cours le lendemain matin.

« Vous apprenez lentement… Vous réfléchissez lentement… Vous écrivez lentement… Cela me permet de vous corriger très rapidement ! »

Atroces et bien dégueus

Un prête se rend au *drive* d'un McDonald et passe sa commande à la borne :
– Un menu enfant, s'il vous plaît !
– Frites et Coca ?
– Non, juste l'enfant.

Quel point commun y a-t-il entre un nécrophile et un baigneur en Bretagne ?
Ils se disent : « Elle est froide mais, une fois dedans, elle est bonne ! »

Un « dur à cuir »… C'était un juif qui ne se laissait pas faire ?

Le client d'un restaurant, qui en a terminé avec son repas, commande un dessert auprès du serveur :
– J'ai vu sur la carte « dessert chaud du chef et sa surprise » … Qu'est-ce que c'est la surprise ?

– Si je le dis à Monsieur, ce ne sera plus une surprise !
– Oui, vous avez raison. Eh bien, servez-moi votre « désert chaud du chef et sa surprise »…
Un petit moment plus tard, le serveur revient avec dans une assiette une sorte de gâteau au chocolat noir… Le client le touche du bout des doigts, il constate que c'est chaud… Il goûte et…
– Pouah ! ! ! Mais, c'est de la merde ?
– Oui, mais avec quoi ?

Que faire quand un épileptique fait une crise dans une baignoire remplie d'eau ?
Ajoutez de la lessive et jetez-y le linge sale !

Qu'y a-t-il de plus horrible qu'un bébé retrouvé dans une poubelle ?
Un bébé retrouvé dans deux poubelles…

Une petite fille à sa mère…
– Maman ! Maman ! Est-ce que je peux jouer avec les petits chats ?
– Oui, ma chérie. Mais à condition qu'après tu mettes tous les os à la poubelle !

Idées à la con pour redresser la France

Réforme des institutions
Créer un poste de premier ministre adjoint citoyen. Chaque Français inscrit sur les listes électorales occuperait ce poste à tour de rôle soit, pour 44 millions d'inscrits, près de quatre secondes chacun.

Réaménagement du calendrier grégorien
Remplacer l'année bissextile par une année de 368 jours – soit un mois de février de 31 jours tous les 12 ans – ou, par tirage au sort, désigner tous les quatre ans le mois de l'année qui accueillera un jour supplémentaire.

Protection du monde animal
Supprimer le dispositif de classement des espèces d'animaux nuisibles et prohiber l'éradication des rats, souris, blattes et autres cafards. Ces derniers doivent pouvoir proliférer en toute liberté. Seuls peuvent être

tolérés des prélèvements, en dehors des périodes de reproduction, pour une consommation personnelle.

Pouvoir d'achat
Mettre en place une semaine des « pâtes et patates ». Afin de regagner du pouvoir d'achat, chaque Français devrait pratiquer, durant une semaine, un régime constitué uniquement de pâtes et de pommes de terre. Durant cette période, les commerçants ne seraient pas autorisés à commercialiser d'autres denrées alimentaires.

Éducation
Contraindre les enseignants en arrêt de travail à séjourner dans la salle des professeurs pendant toute la durée de leur convalescence. Si cette mesure visant à lutter contre l'absentéisme des enseignants s'avérait insuffisante, le port d'un bracelet électronique accompagné d'une assignation à rester dans l'établissement devrait être envisagé.

Ces chères têtes blondes

Un représentant de commerce sonne à une porte. Un petit garçon lui ouvre :
– Bonjour jeune homme ! Est-ce que ton papa est là ?
– Non, il travaille.
– Et est-ce que je peux voir ta maman ?
– Non, elle fait le tapin…
– Ah ? Et… Heu… Il y a d'autres personnes qui vivent avec toi ?
– Oui, ma grand-mère et ma tœur.
– Dans ce cas, est-ce que je peux voir ta sœur ?
– Elle peut pas, elle fait le tapin…
– Oh ! Ta grand-mère est là ?
– Elle peut pas, elle fait le tapin…
– Mais tout le monde fait le tapin chez toi ?
– Bah oui ! Tout le monde est dans le talon pour faire le tapin de Noël !

Un jeune enfant entre dans une officine et demande :
– Une boîte de capotes, s'il vous plaît !
Étonné par le jeune âge du garçon, le pharmacien lui demande :

– C'est pour faire des bombes à eau ?
– Non, c'est pour ma mère, elle part en vacances au Club Med !

Une petite fille marche dans la rue accompagnée de sa maman. Soudain, elle s'arrête et regarde sous sa chaussure :
– Qu'y a-t-il ? lui demande sa maman.
– Je crois que j'ai marché dans un gros mot…

– J'ai trop peur de ranger la chambre de mon fils ! dit une femme à une copine.
– Ah bon ?
– Oui, c'est tellement le bordel et ça fait tellement de temps qu'elle n'a pas été rangée que j'ai peur de découvrir que j'ai un autre enfant…

Un ado téléphone par erreur à sa mère :
– Ah merde, je t'ai appelé par accident !
– C'est pas grave, lui répond-elle, moi je t'ai eu par accident !

Insultes à la con

Tu es une bonne raison de ne pas croire en l'espèce humaine.

Pute de chantier !

Perforanus !

T'es tombé de l'arbre généalogique ?

Sombre crétin…

Tronche de cul de phacochère en train de déféquer !

On t'a fait un lavage de cerveau avec des détergents ?

Sur ta tronche pleine de boutons, où se trouve la touche « Escape » pour te faire disparaître ?

Quand j'aurais besoin d'un cornichon, je te sortirai du bocal !

T'as peut-être la langue dans ta poche mais t'as pas non plus le cerveau dans ton crâne.

Ton cerveau est comme un passage à niveau : les barrières sont descendues, les lumières clignotent, mais le train n'arrive pas…

Si on te donnait un centime pour chacune de tes conneries, tu serais riche !

Si on colle l'oreille à ton oreille, on entend l'océan !

T'es tellement laide que quand tu croises un aveugle il ferme les yeux !

Les plus courtes sont les meilleures

Un gars à une fille :
– Ça te gêne pas trop ?
– Quoi donc ?
– Ta moustache, pour embrasser !

———

Trois fous entreprennent la traversée d'un désert.
– Si on a faim, dit le premier, j'ai pensé à amener du pain pour faire des sandwichs !
– Et si on a soif, dit le deuxième, j'ai amené une gourde pour pouvoir la remplir d'eau !
– Et si on a chaud, dit le troisième, j'ai amené une portière de voiture pour pouvoir baisser la vitre !

———

Un type entre dans le cabinet d'un psychiatre en hurlant :
– Docteur !!! Comment se fait-il que j'ai une carotte qui pousse dans mon oreille !

– Bien. Dites-moi plutôt pourquoi cela vous étonne... lui demande le médecin.
– Ben... J'avais planté des radis ?

L'armée belge recrute des parachutistes. Juste avant qu'il ne saute dans le vide, un gradé retient une nouvelle recrue...
– Eh ! Tu avais l'intention de sauter sans parachute ?
– Bah oui ! C'est bien un exercice d'entraînement, non ?

– Tu t'es lavé la tête ce matin ?
– Bien sûr que oui !
– J'en étais sûr ! Ton cerveau est parti au rinçage !

Un jeune apostrophe un homme d'un certain âge :
– Eh, le vieux ! Tu sais c'est quoi le chemin le plus court pour aller à l'hôpital ?
– Oui, répond l'homme, c'est de m'appeler encore une fois « le vieux » ...

Blagues à Toto

Toto demande à ses parents comment on fait les bébés :
– Eh bien… En fait, les garçons naissent dans les choux et les filles dans les roses ! explique sa maman.
Le soir, alors que tout le monde est censé dormir, Toto se lève, entre soudainement dans la chambre de ses parents et les surprend en train de faire l'amour…
Toto lance :
– Alors, on jardine ?

La maîtresse à Toto :
– Pourquoi pleures-tu à chaque fois avant d'entrer en classe ?
– Pour ne pas sécher les cours, maîtresse.

Le professeur de musique interroge Toto :
– Sais-tu ce qu'est une quinte ?
– Oui, c'est quand on n'arrête pas de tousser !

Toto apprend le piano. Son professeur le questionne :
– Qu'y a-t-il de plus rapide qu'une blanche ?
– Une noire, Monsieur.
– Bien. Qu'y a-t-il de plus rapide qu'une noire ?
– Une croche !
– Très bien. Et ensuite ?
– Ensuite, je m'emmêle les doigts !

La maîtresse demande à Toto :
– Saurais-tu me dire quelles sont les plus grandes conquêtes de Napoléon ?
– Heu… Peut-être pas toutes mais au moins une !
– Laquelle ?
– Joséphine !

La maîtresse à Toto :
– Quel est le pluriel d'« un beau bal » ?
– Des bobos, maîtresse !

Toto tend son carnet de liaison à son père, dans lequel la maîtresse a écrit une appréciation. Son père l'ouvre et lit : « Trimestre sans histoire… et sans géographie non plus ! »

Mots d'esprit

« Le bleu profond des yeux d'une jolie fille est aussi attirant pour vous que le bleu profond de votre carte bancaire pour elle. »

Fabien Rohrhust

« Tout ce qui m'intéresse, soit ça fait grossir, soit c'est immoral ! »

Coluche

« L'avortement, je ne suis ni pour ni contre ; je suis pour qu'on laisse le choix à l'enfant… »

Laurent Ruquier

« Rien ne peut servir à tout, mais tout peut très bien ne servir à rien. »

Pierre Dac

«Boire ou conduire il faut choisir, mais on ne va tout de même pas rentrer à pied.»

Jean Carmet

«La mère fait des ménages, la fille les défait.»

Georges Feydeau

«Le verbe aimer est difficile à conjuguer: son passé n'est pas simple, son présent n'est qu'indicatif, et son futur est toujours conditionnel.»

Jean Cocteau

«Dieu a dit: Il faut partager. Les riches auront la nourriture, les pauvres de l'appétit…»

Coluche

«Si les péchés faisaient souffrir quand on les fait, nous serions tous des saints.»

Marcel Pagnol

Blagues à papa

Deux squelettes se tiennent debout sur le parapet d'un pont :
– Tu sautes ? demande le premier à l'autre.
– T'es fou ? Je tiens à ma peau !

Comment appelle-t-on le cul de la Schtroumpfette ?
La Blu-ray.

Qu'est-ce qui fait ouin-ouin ?
Un anard.

Quel est le comble pour un professeur de géographie ?
C'est de perdre le nord.

Qu'y a-t-il de plus cher que le safran ?
Safran cinquante…

Comment dit-on « marteau » en japonais ?
Ayaya Médoi.

—

Qu'est-ce qu'un hindou dans une pharmacie ?
C'est hindou liprane.

—

Qu'entend-on quand on colle un fer à repasser contre son oreille ?
L'ambulance...

—

Pourquoi les siamois aiment-ils aller en Angleterre ?
Parce que comme ça l'autre peut enfin conduire !

—

Quelle partie de Popeye ne risque pas de rouiller ?
Celle qu'il trempe dans l'huile d'Olive.

—

Quel est l'animal qui entend le moins ?
Le crapaud, car il fait toujours : « Coooâ ! Coooâ ! »

—

Ani'mots

Pour attirer la clientèle, le patron d'une animalerie installe sur le trottoir la cage d'un perroquet. Alors qu'une dame passe devant, le perroquet se met à crier :
– Grosse pute !
Choquée, la dame entre dans le magasin et demande des explications au propriétaire.
– Je suis confus, Madame, j'ignore pourquoi il a dit ça. Pour le punir, je vais le peindre en noir !
Le lendemain, la dame repasse devant l'animalerie et constate que non seulement le perroquet a effectivement été peint en noir, mais aussi qu'il n'a rien dit à son passage… Elle fait alors demi-tour, se plante face à lui et lance :
– Alors, on ne dit plus rien là, hein !
Et le perroquet lui répond :
– Quand je suis en smoking, je ne parle pas aux grosses putes !

Pourquoi les vaches ont-elles de gros yeux ?
Tu t'es déjà fait enculer par un taureau ?

Un poisson à un autre poisson :
– Alors cet examen, tu l'as eu ?
– Non, je suis trop déçu…
– Ne t'en fais pas, je suis sûr que tu vas être repêché !

Pourquoi les escargots traversent-ils la route quand il pleut ?
Pour aller de l'autre côté !

Qu'est-ce qui est vert et qui pend aux arbres de la savane africaine ?
De la morve de girafe !

Comment dit-on « lapin » à un aveugle ?
Lapin…

Un cheval entre dans une boulangerie et demande :
– Deux pains au chocolat et un croissant, s'il vous plaît.
– Nous n'avons plus de viennoiseries, lui répond la boulangère. Navrée que vous vous soyez déplacé pour rien !
– Ne vous en faites pas, je suis venu en scooter !

Monsieur et Madame…

Monsieur et Madame **Gramme** ont une fille.
Comment l'appellent-ils ?
Anna (Anagramme)

Monsieur et Madame **Huportable** ont une fille.
Comment l'appellent-ils ?
Dolorès (Douleur est supportable)

Monsieur et Madame **Kilaissaye** ont une fille.
Comment l'appellent-ils ?
Leslie (Laisse-lui qu'il l'essaye)

Monsieur et Madame **Passacépa-Detonage** ont une fille.
Comment l'appellent-ils ?
Amélie (Ah, mais lis pas ça, c'est pas de ton âge !)

Monsieur et Madame **Ratif** ont un fils.
Comment l'appellent-ils ?
Luc (Lucratif)

Monsieur et Madame **Lunaiteu-Sitivoapa** ont un fils.
Comment l'appellent-ils ?
Médée (Mets des lunettes si t'y vois pas)

Monsieur et Madame **Maplace** ont une fille.
Comment l'appellent-ils ?
Aziza (Assise à ma place)

Monsieur et Madame **Kamion-ège-Téclate** ont un fils.
Comment l'appellent-ils ?
Raymond (Raye mon camion et je t'éclate)

Monsieur et Madame **Micoton** ont une fille.
Comment l'appellent-ils ?
Mylène (Mi-laine, mi-coton)

Devinettes

Quelle différence y a-t-il entre un compte Facebook et un compte bancaire ?
Sur l'un on peut rire, avec l'autre on pleure…

Comment reconnaître un parfait trou du cul ?
En devenant proctologue.

Quel point commun y a-t-il entre l'humour et une œuvre d'art ?
C'est toujours critiqué.

Pourquoi recherche-t-on une trace de vie intelligente sur une autre planète ?
Parce qu'on n'en a pas trouvé sur la Terre !

Quand a-t-on besoin d'un bon sommeil réparateur ?
Quand on a la gueule en chantier...

Quelle différence y a-t-il entre des tongs et un jean ?
On rentre toujours dans ses tongs...

Comment ne plus choquer personne en faisant des doigts d'honneur ?
En portant des moufles !

Quelle est la tour la plus haute du monde ?
La tour Burj Khalifa, à Dubaï, fait 828 m.
Et quelle est la tour la plus longue ?
La Tourista...

Quelle est la chanson préférée de Will Smith ?
Et tu tapes, tapes, tapes, c'est ta façon d'aimer...

Les répliques de ciné

« C'est trop calme… J'aime pas beaucoup ça… J'préfère quand c'est un peu trop plus moins calme… »
Astérix et Obélix, Mission Cléopâtre (2002) d'Alain Chabat avec Gérard Depardieu, Christian Clavier, Djamel Debbouze, Alain Chabat, Gérard Darmon

—

– Non, je vais vous paraître un peu vieux jeu, malgré mon passé mouvementé, mais j'les aime grands, exagérément musclés et surtout les cheveux blonds et en brosse.
– Eh ouais, le nazi quoi ! Elles se feraient chier de me répondre ces deux espèces de pétasses, là ! !
– Non mais ! Ça va pas bien derrière ?
– Il a un malaise le peignoir ? ! ? ! ? ! ?
– Ça tape là hein… d'un coup ? J'vais m'baigner.
Les Bronzés (1978) de Patrice Leconte avec Michel Blanc, Marie-Anne Chazel, Christian Clavier, Thierry Lhermitte, Gérard Jugnot, Josiane Balasko

—

« Vous picolez, il picole. Si tous les gens qui picolent étaient votre fils, vous auriez une drôle de famille ! »
La Chèvre (1981) de Francis Veber avec Pierre Richard, Gérard Depardieu

———

« Haut les mains ! Alors comme ça, la quincaille, c'est toi qui serais Attila. Et les deux dégénérés qui t'accompagnent, ça serait les Huns aussi ! »
La Septième Compagnie au clair de lune (1977) de Robert Lamoureux avec Pierre Mondy, Jean Lefebvre, Henri Guybet, André Pousse

———

– Halte là, l'ami ! Vous pénétrez dans le territoire de Robin des Bois et de ses gais compagnons !
– Vous en êtes ?
Sacré Robin des Bois (1993) de Mel Brooks avec Cary Elwes, Richard Lewis

———

« Ça vous ennuie que je me repoudre le nez ? Il brille, mon nez. C'est pas comme mon avenir… »
Trop belle pour toi (1989) de Bertrand Blier avec Gérard Depardieu, Josiane Balasko, Carole Bouquet

———

Drôles de couples

Un couple se laisse aller à quelques confessions :
– Chéri, il faut que je t'avoue quelque chose : je suis daltonienne.
– Moi aussi j'ai quelque chose à t'avouer, lui répond son mari, je suis noir !

Une femme surprend son mari au lit avec une jeune femme :
– Salaud ! hurle-t-elle.
– Attends, chérie ! Je vais tout t'expliquer ! répond le mari.
– Tu as intérêt à me fournir une bonne explication !
– Eh bien… En rentrant, cette fille faisait du stop au bord de la route. Il pleuvait, j'ai eu pitié d'elle, et je l'ai invitée à monter dans la voiture. Je lui ai demandé où elle allait et elle m'a répondu : « Nulle part, je n'ai pas de maison. » Alors, je l'ai invitée à prendre un café pour se réchauffer. Après, comme elle était mal habillée, je lui ai proposé de prendre des vêtements que tu ne mets plus. Et puis aussi une de tes paires de chaussures… Enfin, alors qu'elle partait, elle s'est retournée et elle

m'a demandé : « Y a-t-il autre chose dont votre femme ne se sert plus ? »

– Pourquoi tu éternues tout le temps quand je te parle ? demande une femme à son mari.
– Parce que je suis allergique à tes conneries !

Une femme interroge son mari :
– Qu'est-ce que ça veut dire : « *Would you marry me* » ?
– Veux-tu m'épouser.
– Oui, je le veux !
– …

Une femme à son mari :
– Dis-moi quelque chose de mignon…
– Je… T'es belle comme une rose !
– C'est tout ?
– Euh… T'es belle comme un bouquet de roses !

Une fille interroge son petit ami :
– Est-ce que je suis ton premier amour ?
– En général ou aujourd'hui ?

Les questions connes

L'expression « Être dur de la feuille » remonte-t-elle à Adam et Ève ?

Si le litre d'essence devient plus cher que le litre d'alcool... Aura-t-on enfin la réponse à « Boire ou conduire, il faut choisir » ?

Si les alcooliques ne buvaient plus, y aurait-il encore quelqu'un pour nous dire : «Je t'aime» à 3 heures du matin ?

Pourquoi les invités demandent-ils toujours : « Vous avez des toilettes ? » ? Ils pensent que l'on chie dans le local à poubelles ou quoi ?

Comment peut-on faire des voitures électriques que l'on n'entend pas et des machines à expresso qui font le bruit d'un A320 qui traverse la cuisine ?

Bruce Lee aurait-il pu impressionner ses adversaires si ses parents l'avaient appelé Guy ?

Faut-il sonner chez les gens qui laissent leurs décorations de Noël jusqu'au mois de février pour leur demander s'ils sont encore en vie ?

Si tourner la page ne suffit pas… Peut-on l'arracher et se torcher le cul avec ?

Un invité vegan qui vous offre des fleurs… Doit-on les mettre dans un vase ou les présenter à table pour le dessert ?

Si boire du champagne est très chic… Pourquoi roter ne l'est-il pas ?

Trop blondes

Une blonde se rend dans une maternité où une amie vient d'accoucher. Elle a la surprise de découvrir qu'il s'agit de jumeaux et s'écrie alors :
– Il y avait une promo ? Un gratuit pour un acheté ?

Un fermier demande à sa voisine qui est blonde :
– Alors ? Avez-vous suivi mes conseils ?
– De mettre du fumier sur mes fraises ?
– Oui, vous l'avez fait ?
– Je l'ai fait… Mais je préfère la crème fouettée !

– Tu es trop bête, il faut te rendre à l'évidence ! dit un gars à une fille blonde.
– Ah… Et ça me rendra plus intelligente ? C'est où Lévidence ?

Une blonde pousse un gros tonneau sur le trottoir…
– Vous avez besoin d'aide ? lui propose un passant.

– Non, ça va aller, je le pousse. En revanche, je risque d'avoir des difficultés pour le monter au deuxième étage…
– Mais où allez-vous donc avec ce tonneau ? s'étonne-t-il.
– Chez le docteur. Il m'a dit de revenir dans un mois avec mes urines.

———

Une coupure d'électricité plonge soudainement l'appartement dans le noir… Une blonde dit alors à sa colocataire :
– Bouge pas ! Je vais voir au robinet de la cuisine s'il y a toujours de l'eau !

———

En panne sur le bord de la route, une blonde a fait appel à un dépanneur. Lorsque celui se présente, il demande :
– Alors, que vous est-il arrivé, Madame ?
– La voiture est tombée en panne…, lui répond-elle. Pourtant je pensais que ce serait mon jour de chance, il y a une petite lampe rouge d'Aladin qui était apparue sur le tableau de bord !

———

Ani'mots

Une vieille dame achète deux perroquets pour lui tenir compagnie. Ne parvenant pas à distinguer le mâle de la femelle, elle profite d'un jour où le mâle grimpe sur la femelle pour l'attraper et lui plumer la tête afin de le reconnaître. Quelques jours plus tard, la vieille dame reçoit un curé chez elle. Et, à la vue du prêtre au crâne dégarni, le perroquet mâle s'écrie :
– Alors, toi aussi elle t'a surpris en train de baiser ?

Quelle différence y a-t-il entre une autruche et une armoire ?
L'autruche est un volatile et l'armoire un meuble…

Quel genre d'humour les dindes détestent-elles ?
La farce.

Quelle est la forme géométrique préférée des canards?
Les cubes, parce qu'il y a plein de coins-coins.

Quatre lapins sont en train de jouer à la belote. Soudain, l'un d'eux s'écrie:
– Mais où sont passés tous les trèfles?
– Désolé, répond un autre, j'avais un petit creux…

Vous connaissez l'histoire de Slurp la limace et de Scronch l'escargot?
C'est un type qui mange sa salade et… Slurp la limace et Scrontch l'escargot!

De quel côté un chat a-t-il le plus de poil?
Du côté extérieur.

Deux lévriers se promènent et croisent un basset…
– Tu le connais, celui-là? demande le premier lévrier à son compère.
– Oui, je ne peux pas le sentir!

Les répliques de ciné

– Si on assemblait tous les tibias de saint François que l'on montre dans les églises, ce ne serait plus un saint mais un mille-pattes !
– Monsieur, mieux vaut mille-pattes pour aller au ciel que deux pour aller en enfer !
L'Auberge rouge (1951) de Claude Autant-Lara avec Fernandel

– Merci, la gueuse ! Tu es un laideron, mais es bien bonne !
– T'as pas vu ton pif ! Quand tu te mouches t'as pas l'impression de serrer la main à un pote ?
Les Visiteurs (1993) de Jean-Marie Poiré avec Jean Reno, Christian Clavier, Valérie Lemercier, Marie-Anne Chazel, Isabelle Nanty

« Trois mois, mais avec combien de temps de retard ? »
Astérix et Obélix, Mission Cléopâtre (2002) d'Alain Chabat avec Gérard Depardieu, Christian Clavier, Djamel Debbouze, Alain Chabat, Gérard Darmon

---

« J'ai été interrogé par un employé du recensement… J'ai dégusté son foie avec des fèves au beurre, et un excellent chianti. »
Le Silence des agneaux (1991) de Jonathan Demme avec Anthony Hopkins, Jodie Foster, Scott Glenn

---

« L'Arthur c'est simple : j'lui fais bouffer son passe-montagne ? J'le plonge dans l'eau glacée et j'attends qu'ça gonfle. Quant à Edmond, mon ami Edmond… Je sais pas encore ce que je lui ferai, mais je veux que ça fasse date. Jacques Clément 1589, Ravaillac 1610, Robert-François Damiens 1757, Edmond Clancul 1965… »
La Métamorphose des cloportes (1965) de Pierre Granier-Deferre avec Lino Ventura

---

Les copains, les copines

Une jeune femme qui vient de se faire larguer pleurniche dans les bras de sa meilleure amie :
– Je ne pourrais jamais vivre sans lui !
– Arrête de raconter des conneries. Il y a des gens qui parviennent à vivre avec un seul rein, alors tu peux bien réussir à vivre sans trou du cul !

– J'ai perdu ma chaussure à minuit…, dit une fille à une copine. Tu crois que c'est parce que je suis une princesse ?
– Non, c'est parce que tu étais bourrée.

Une femme se confie à sa meilleure amie :
– En ce moment, je pleure tout le temps…
– Alors pose-toi la bonne question : tu vis avec un homme ou avec un oignon ?

Une fille tente de réconforter une copine qui se trouve moche :
– Si cela peut te rassurer, lui dit-elle, l'autre jour on est tombé sur une photo de toi et tout le monde t'a trouvé belle !
– C'est vrai ?
– Oui.
– Laquelle ?
– Celle de ton échographie…

Un gars amoureux se confie à un copain :
– Je ne sais pas quoi faire… J'aimerais tellement que quand elle me regarde elle ait des papillons dans le ventre !
– Fais-lui bouffer des chenilles !

– Que fais-tu pour te sentir plus légère ? demande une femme à une amie.
– Je fais attention à ce que je mange, je fais du sport, je médite, je consulte une psychologue, je fais la paix avec moi-même, je pardonne aux autres, je m'impose 10 heures de sommeil… Et toi, tu fais quoi pour te sentir plus légère ?
– Je fais caca…

Blagues à Toto

Toto et sa maman sont à table. Au moment du dessert, la maman de Toto apporte le gâteau de la veille dont il reste une grosse et une petite part. Bien entendu, Toto se jette sur le plus gros morceau ce qui vexe sa maman :

– Eh bien ? Si j'avais été à ta place, Toto, je t'aurais laissé la plus grosse part et je me serai servi la plus petite !

– Ben quoi ? Tu l'as la petite part ?

Léa demande à Toto :

– Tu veux bien jouer au docteur ?

– D'accord !

Toto tend alors un stylo à Léa et lui dit :

– Ça vous fera 25 euros !

Toto n'a pas fait ses exercices de mathématiques. Sa maîtresse le gronde :
– Toto, peux-tu me dire pourquoi tu n'as pas fait tes devoirs ? Ces opérations étaient à faire pour aujourd'hui, tu sais ?
– Oui, mais les mathématiques, je n'y crois plus !
– Ah bon ? Et puis-je savoir pourquoi ?
– Ben… Maman, elle n'arrête pas de dire qu'elle a pris 3 kg en mangeant un kilo de chocolat, alors…

La maman de Toto est en colère :
– Toto ! Va te laver les dents, c'est la dixième fois que je te le demande !
– Mais je ne mange que des choses propres !

C'est bientôt l'anniversaire de Toto :
– Tu veux que je fasse ton gâteau d'anniversaire ? lui propose sa mamie.
– Oui, mamie !
– Un gâteau au chocolat avec huit bougies dessus ?
– Tu sais, je crois que je préférerais huit gâteaux avec une bougie.

Perles des assurances

«La vitesse à laquelle il roulait était approximativement : très vite.»

«Concernant les responsabilités de l'accident, le cycliste n'a rien voulu avouer, il s'est contenté de répéter "Aë ! Aïe ! Aïe ! "»

«Le corps était en petites miettes éparpillées.»

«Vous pouvez me rassurer ?»

«Ma femme est morte dans l'accident et il me reste encore des animaux à charge.»

« Il ne faut pas dire que j'avais bu puisque justement j'étais en train de boire... »

« C'est ma femme qui conduisait, je l'ai encore récupéré avec le derrière défoncé. »

« Ma voiture est totalement détruite, il me reste que l'essieu pour pleurer ! »

« Vous pouvez envoyer vos sexpères si vous voulez. »

« Manque de pot, j'ai encore perdu mon pot d'échappement. »

« Est-ce que vous assurez les conducteurs qui n'ont plus de points sur leur permis ? »

« Le GPS m'a dit de tourner, j'ai tourné dans le mur. Qui est responsable ? »

La ronde des métiers

Boulanger

Une cliente se plaint au boulanger de la qualité de son pain :

– Votre pain n'est pas bon, il est tout dur !

– Comment ça mon pain est dur ?

– Parfaitement, il est rassis !

– Rassis ? Figurez-vous que je faisais déjà du pain que vous n'étiez même pas encore née !

– Justement, ce que je vous reproche, c'est de ne le vendre que maintenant !

Pêcheur

Sur la banquise, deux Esquimaux, à une dizaine de mètres l'un de l'autre, font chacun un trou dans la glace pour pêcher. À peine a-t-il mis sa ligne à l'eau que l'un d'eux sort un énorme poisson. Il remet sa ligne à l'eau et sort aussitôt un autre gros poisson. Au bout d'un quart d'heure, il a déjà sorti huit poissons alors que l'autre Esquimau n'a toujours rien pêché.

– Comment fais-tu pour attraper tous ces poissons ? lui demande-t-il.

– Fo awé é wer o o !
– Pardon ?
– Fo awé é wer o o !
L'Esquimau se dit qu'il se moque de lui et qu'il ne veut pas lui confier son secret. Pourtant, une heure plus tard, alors qu'il n'a toujours rien attrapé et que l'autre continue de sortir du poisson, il se risque à lui demander de nouveau :
– Allez, maintenant tu peux me dire comment tu fais, non ?
– Fo awé é wer o o !
– Excuse-moi, mais je ne comprends pas…
L'autre pêcheur crache alors quelque chose dans sa main et dit :
– Faut garder les vers au chaud !

Agriculteur

Deux anciens copains se retrouvent :
– Comment vas-tu, toujours agriculteur ?
– Non, je suis vitrier maintenant !
– Tu as eu envie de te reconvertir ?
– Disons que ma femme ne voulait plus que je laboure alors maintenant, je mastique !

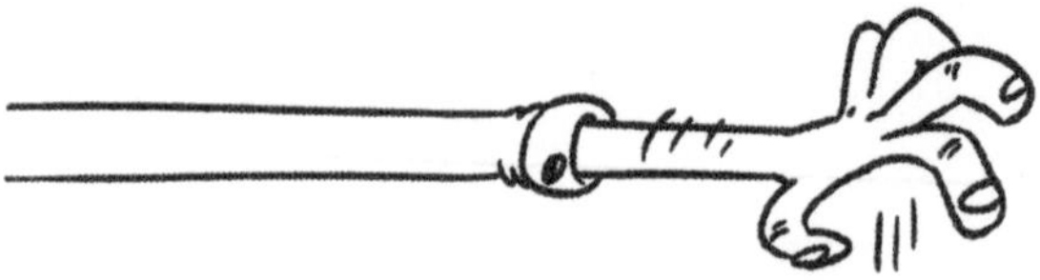

Comment emmerder le monde

Lorsqu'une personne suit avec passion un programme télé, amusez-vous à zapper discrètement à l'aide d'une télécommande installée sur votre smartphone...

Avant de faire l'amour, d'aller chez le dentiste, de vous exprimer en réunion... croquez dans un oignon ou mangez de l'aïoli !

Dans les files d'attente, collez-vous à la personne devant vous pour la mettre mal à l'aise.

À la sempiternelle question : « Tu sais quel temps il va faire, demain ? », répondez toujours le contraire des prévisions météo.

Noël, ce n'est que pour les enfants sages. Aux autres, promettez-leur de magnifiques cadeaux qu'ils n'auront pas !

Passez un coup de téléphone anonyme à une personne au hasard. Dites-lui simplement : « Bonjour, j'aimerais vous cambrioler et j'appelais juste pour savoir si vous étiez là ou pas… Je rappellerai. À bientôt, peut-être ! »

Aidez les autres à voir la vie en rose ! Mettez un vêtement rouge dans une lessive de blanc…

Ces salles d'attente où règne un silence de mort… Brrrr ! C'est l'endroit idéal pour jouer sur votre smartphone à des jeux très bruyants.

Dites à un taxi que, finalement, vous préférez marcher car il ne vous inspire pas confiance ou que vous ne pouvez pas supporter l'odeur de son haleine dans l'habitacle.

Atroces et bien dégueus

Au bord d'un lac, deux pêcheurs sont paisiblement installés. Soudain, un type à ski nautique passe devant eux et les éclabousse ! Cinq minutes plus tard, le gars repasse et projette une nouvelle gerbe d'eau sur les pêcheurs ! Cinq minutes passent encore et le skieur passe de nouveau devant les pêcheurs pour les mouiller. Cinq minutes plus tard, nouveau passage du skieur mais ce dernier tombe à l'eau et... coule à pic ! Les deux pêcheurs se regardent et ne peuvent s'empêcher de sourire sournoisement. Après trois ou quatre minutes passées à pouffer de rire, l'un dit à l'autre :

– Bon, je vais le chercher ?

– Oui, vas-y.

Le pêcheur plonge à l'eau et, quelques instants plus tard, ramène le corps sur la berge. Aussitôt, il se met à lui faire du bouche-à-bouche.

– Pouah ! Qu'est-ce qu'il pue de la gueule ! J'en peux plus, j'arrête !

Son copain prend alors la relève et très rapidement, c'est l'écœurement :

– Arghhh ! C'est dégueulasse ! J'ai avalé un morceau de sa lèvre ! Pouah ! ! !

L'autre pêcheur dit alors :
– Dis donc, je me demande si j'ai remonté le bon, celui-ci a des patins à glace…

Qu'est-ce qui devient tout rouge à force de tourner ?
Un bébé à la broche.

Un homme qui s'est jeté du trentième étage de l'une des deux tours du World Trade Center et arrivé en bas et n'a rien senti. Pourquoi ?
Parce qu'il s'était bouché le nez !

Qu'est-ce qui est vert et qui pue ?
Un scout disparu retrouvé dans un bois.

Une jeune fille est retrouvée nue et étranglée dans la rue. L'inspecteur interroge le médecin légiste :
– Est-ce qu'elle a été violée ?
– Pas encore, j'attendais votre autorisation.

Monsieur et Madame...

Monsieur et Madame **Mideplésir** ont un fils.
Comment l'appellent-ils ?
Joffrey (Je frémis de plaisir)

Monsieur et Madame **Mileuro** ont un fils.
Comment l'appellent-ils ?
Médhi (Mes dix mille euros !)

Monsieur et Madame **Kainépouri** ont un fils.
Comment l'appellent-ils ?
Louis (Le week-end est pourri)

Monsieur et Madame **Kambre-Honne** ont une fille.
Comment l'appellent-ils ?
Maude (Mot de Cambronne)

Monsieur et Madame **Onionfineman** ont une fille.
Comment l'appellent-ils ?
Ashley (Hache les oignons finement)

———

Monsieur et Madame **Taizurine** ont deux filles.
Comment les appellent-ils ?
Jeanne, Alizée (J'analysais tes urines)

———

Monsieur et Madame **Sahala-Poubel** ont une fille.
Comment l'appellent-ils ?
Georgette (Je rejette ça à la poubelle)

———

Monsieur et Madame **Tamelotroké** ont un fils.
Comment l'appellent-ils ?
Jean (J'entame l'autre, OK ?)

———

Monsieur et Madame **Stiquet** ont une fille.
Comment l'appellent-ils ?
Sophie (Sophistiqué)

———

Les plus courtes sont les meilleures

Un gars demande à un copain:
– Tu as passé un bon réveillon de Noël?
– Oui, comme un cadeau.
– C'est-à-dire?
– Toute la nuit, allongé sous le sapin...

Flash info:
Hier soir, les CRS ont dû intervenir pour évacuer de force les salariés corses grévistes qui occupaient leur entreprise depuis une semaine. Les CRS ont utilisé des gaz lacrymogènes pour libérer les locaux, c'était la première fois que nous voyions des Corses pleurer en quittant leur travail!

Une gendarmette arrête un automobiliste qui vient de griller un feu rouge. Le conducteur baisse sa vitre et demande:
– C'est combien?

– Ça va vous coûter 90 euros ! lui répond-elle.
– OK, montez.

Un clochard arrête un passant :
– M'sieur ! Z'avez pas perdu votre portefeuille, par hasard ?
– Heu… non, répond l'homme tout en se tâtant les poches.
– Ah ben… Z'auriez pas une p'tite pièce, alors ?

Quel est le comble de l'optimiste ?
C'est de commencer son testament par : « Si je meurs un jour… »

– Ce matin, j'ai vu un truc horrible !
– Ta gueule dans le miroir ?

Au restaurant, le client appelle le patron :
– Pouvez-vous me dire ce que fait cette mouche dans ma glace ?
– Je pense qu'elle apprend à skier, Monsieur.

Blagues coquines

Un couple d'échangistes fait la rencontre d'un couple d'extraterrestres. La femme part donc dans une chambre avec l'extraterrestre mâle et l'homme dans une autre avec l'extraterrestre femelle. En découvrant le sexe de l'extraterrestre, la femme éclate de rire et lui dit :

– Mais vous avez un sexe ridiculement court !

L'extraterrestre se frappe alors sur le front et son sexe devient extraordinairement long !

– Incroyable ! s'écrie la femme. Cependant, il reste très fin…

L'extraterrestre se tire alors les oreilles et son sexe devient énorme… Après une folle nuit d'amour, la femme rejoint son mari à qui elle demande :

– Alors ? Ta nuit s'est bien passée ? Moi, c'était génial !

– Oui, impeccable… Sauf qu'elle n'a pas arrêté de me frapper sur le front et de me tirer les oreilles !

– Avec toi, dit une fille à un garçon, j'aimerais que ce soit comme dans les films…

– Je veux bien…

– C'est vrai ?
– Promis ! Ça ne durera pas plus d'une heure trente !

Quel point commun y a-t-il entre les petits écoliers et Rocco Siffredi ?
Pour tous, la rentrée est longue et dure.

Quel point commun y a-t-il entre les sadomasos et la crème ?
C'est meilleur fouetté.

Le bon roi Dagobert passe la nuit avec l'une de ses servantes… Le bon saint Éloi occupe la chambre d'à côté mais la servante hurle tellement qu'il ne parvient pas à s'endormir. Il se lève et va toquer à la chambre du roi. Le bon saint Éloi lui dit :
– Oh, mon roi ! Votre majesté est bien bruyante !
– C'est bon ! lui dit le roi, je vais la remettre à l'endroit !

Quel point commun y a-t-il entre l'alcool et faire l'amour ?
Le cul sec, ça passe mal…

Mots d'esprit

« Je sais que pour une femme c'est difficile de rendre un homme heureux. Mais si ce travail vous paraît trop dur toute seule, mettez-vous à plusieurs ! »

Jean Yanne

« Les miroirs feraient bien de réfléchir avant de renvoyer les images. »

Jean Cocteau

« Des fois, on a plus de contact avec un chien pauvre qu'avec un homme riche. »

Coluche

« L'agréable perspective du veuvage soutient le courage de beaucoup d'épouses. »

John Gay

«Le Viagra bientôt remboursé? C'est normal, il faut rembourser ce qui a été déboursé.»

Laurent Ruquier

«À force de limiter la vitesse, il n'y aura bientôt plus aucun pare-brise disponible pour le suicide des moustiques dépressifs.»

Patrick Sébastien

«J'aime bien la mini-jupe. Je n'y vois que des avantages.»

Francis Blanche

«Il y a trois sortes de mensonges: les mensonges, les sacrés mensonges et les statistiques.»

Mark Twain

«Une bonne épouse pardonne toujours à son mari quand elle a tort.»

Milton Berle

Blagues à papa

Quel est le comble pour un arbre ?
C'est d'être dur de la feuille.

Tu veux une histoire vaseuse ?
Mets des bottes !

Comment un éléphant grimpe-t-il dans un arbre ?
Il s'assoit sur une feuille d'arbuste et il attend qu'il pousse !

Pourquoi Harry Potter attend-il dans la boulangerie ?
Parce que c'est la baguette qui choisit son sorcier !

Qu'est-ce qui est vert, se déplace sous l'eau et fait bzzzzz ?
Un chou marin ruche.

Quel est le comble pour une voiture ?
C'est de bien se conduire !

Comment dit-on « prends une année sabbatique » en japonais ?
Takatoukité.

Comment appelle-t-on nain intelligent ?
Un naintellectuel.

Qu'est-ce qui fait « bzzzzzz-Bzzzzz-paf » ?
Un mousteack.

Quelle différence y a-t-il entre un immeuble et un autre immeuble identique ?
Ben… Il n'y en a pas !

Quel est le meilleur moyen d'aller dormir ?
C'est d'aller se coucher !

L'abus d'alcool est dangereux pour la santé

Si un verre de vin est bon pour la santé, à quoi sert le reste de la bouteille ?
Au moral !

Deux alcooliques se disputent au comptoir d'un bar :
– Ouais, ben… de toute façon, fait le premier, tu entends que ce qui t'arrange !
– Ah oui merci, je veux bien une autre bière !

Un policier remarque un véhicule qui zigzague sur la route… Il arrête l'automobiliste et lui demande :
– Police nationale ! Soufflez dans le ballon, s'il vous plaît !
– J'peux pas, j'suis asthmatique !
– Alors vous allez venir avec nous à l'hôpital, on va vous faire une prise de sang.
– J'peux pas, j'suis hémophile !

– Dans ce cas, sortez du véhicule et marchez sur cette ligne blanche !
– J'peux pas, j'suis bourré !

Quel pass faut-il avoir dans un bar ?
Le pass taga !

Deux ivrognes philosophent tout en sirotant leur verre au bar :
– Tu te souviens de cette petite fille qui avait disparu et dont on avait mis le portrait sur une bouteille de lait pour la retrouver ? demande le premier.
– Oui, parfaitement, la pauvre…
– Bah moi, si un jour je disparais, il faudra mettre mon portrait sur une bouteille de bière autrement aucun de mes potes ne me cherchera !

Que risque-t-on à boire tout seul ?
D'attraper le verre solitaire…

On ne dit pas

On ne dit pas : « Un psychopathe. »
Mais on dit… « Un docteur pour les nouilles. »

On ne dit pas : « Monter trois blancs en neige. »
Mais on dit… « Partouzer avec trois skieurs. »

On ne dit pas : « Il est sanglant. »
Mais on dit… « Il a le bout qui saigne. »

On ne dit pas : « Du thon piquant. »
Mais on dit… « Une femme à barbe. »

On ne dit pas : « Rectum rectum Leonidas ! »
Mais on dit… « Cul-cul la praline ! »

On ne dit pas : « J'ai la moutarde qui monte au nez ! »
Mais on dit… « Je fais une ascension rhino-moutardière. »

On ne dit pas : « Nous avons le nez bouché. »
Mais on dit… « Nous sommes bouchers de génération en génération. »

On ne dit pas : « Mettre la charrue avant les bœufs. »
Mais on dit… « Faire du cariolisme ante-bovin. »

On ne dit pas : « Immatriculer. »
Mais on dit… « Il m'a sodomisé à trois reprises. »

On ne dit pas : « J'ai un cheveu sur la langue. »
Mais on dit… « J'ai une capillarité linguale. »

On ne dit pas : « La connerie. »
Mais on dit… « La blonde se marre. »

Devinettes

Pourquoi manger de la verdure ne fait pas maigrir ?
Vous avez déjà vu une vache ?

Quels sont les quatre plus grands mystères irrésolus ?
Où sont les femmes, il est où le bonheur, où est le papa de Stromae et qu'est-ce qu'il y a sous le chapeau de tata Yoyo ?

Comment maigrir en mangeant à volonté ?
En ne mangeant que des choses qu'on n'aime pas.

Qu'est-ce que la plupart des gens font en premier le matin en se levant ?
La gueule !

À quoi servent la grande poche et la toute petite poche du jean ?
La première à y mettre votre salaire brut et l'autre votre salaire net...

Comment appelle-t-on une personne heureuse un lundi matin ?
Un retraité !

Quel moyen de locomotion utilise le monde ?
Les couilles ! Le monde part en couilles...

Qu'ont gagné les Russes depuis qu'ils ne peuvent plus manger McDo, KFC et ne plus boire du Coca ou du Pepsi ?
Des années d'espérance de vie !
Et depuis qu'ils ne peuvent plus acheter des voitures Renault ?
Aussi...

Les questions connes

Ceux qui se prennent pour le nombril du monde ne se sont-ils pas tout simplement trompés de trou ?

Est-il prudent de laisser faire une fellation à une personne qui a beaucoup d'appétit sexuel ?

Ceux qui te demandent tout le temps si tu es en couple… Appartiennent-ils à une agence Pôle Amour pour, comme à Pôle Emploi, actualiser ta situation ?

Plutôt que de reculer d'une heure à chaque printemps… Ne pourrait-on pas reculer d'une vingtaine de printemps ?

Ceux qui se prennent pour des lumières ne pourraient-ils pas la mettre en veilleuse ?

Pourquoi se la péter à conduire une voiture électrique? On a bien tous conduit des auto-tamponneuses!

Si le dimanche tu te lèves avant midi... Est-ce parce que tu es passé à côté de ton samedi?

Les momies que l'on passe au scanner... Sont-ce des gens qui n'ont pas pu obtenir un rendez-vous rapidement?

Si les moustiques faisaient comme les abeilles... Ils ramèneraient du sang à la ruche pour faire du boudin?

Comment certains peuvent-ils faire la différence entre les «iPhone X», «XR», «XS» et ne savent toujours pas la faire entre «ses», «ces», «c'est», «s'est», «sais»...

Pourquoi certaines chaises se prennent-elles pour des armoires à linge?

Drôles de couples

Un homme a une aventure extraconjugale d'une nuit avec sa collègue. Quelque temps plus tard, juste avant son départ en vacances, la collègue lui annonce :
– Je crois que je suis enceinte…
– Hein ! Oh non !
– Écoute, ne t'inquiète pas pour rien. Je pars en vacances, je vais faire un test et je t'envoie un texto pour te donner le résultat.
– Oui mais… Sois discrète dans ton message, ma femme pourrait le lire !
– D'accord. Si j'écris « spaghetti », c'est que je serai enceinte.
Quelques jours plus tard, alors qu'il est chez lui, l'homme reçoit un texto de sa collègue. Il le lit et fait une crise cardiaque. Sa femme appelle les secours et, à leur arrivée, déclare :
– Je ne comprends pas, il s'est effondré à la lecture d'un SMS qui disait :
« Spaghetti, spaghetti, spaghetti, spaghetti. Deux avec boulettes et deux sans boulettes. »

Un mari tente de convaincre sa femme qu'il est un homme fidèle :
– Mon amour, comment pourrais-je te prouver que moi et Sophie sommes seulement amis ?
– Ramène-moi sa tête !

Un couple vient de passer leur première nuit ensemble. Au petit matin, l'homme demande à la femme :
– Qu'est-ce que tu préfères le matin ? Café ? Thé ?
– Que tu fermes ta gueule...

Un homme rentre chez lui et annonce à sa femme :
– Chérie, je me suis fait tatouer !
– Hein ! Mais t'es bête ou quoi ! Qu'est-ce que tu t'es fait tatouer ? Et où ?
– Je me suis fait tatouer un billet de 50 euros sur le sexe !
– Mais tu es devenu fou ? Pour quelle raison ?
– Pour trois raisons ! Premièrement, parce que j'aime voir mon argent grossir. Deuxièmement, parce que j'aime jouer avec mon argent. Et enfin troisièmement, parce que comme ça, tu pourras me pomper 50 euros à chaque fois que tu le voudras !

Toc toc toc

– Toc toc toc !
– Qui est là ?
– Lio…
– Lio qui ?
– Lio-oman, Bioman, héros de l'univers…
(« Bioman » – Bernard Minet)

– Toc toc toc !
– Qui est là ?
– Kate…
– Kate qui ?
– Kate poules sur un mur qui [picorent] du pain dur, picoti, picota, [lèvent] la queue et puis s'en [vont] !
(« Une poule sur un mur »)

– Toc toc toc !
– Qui est là ?
– Geoffroy, Katou, Fabien…
– Geoffroy, Katou, Fabien qui ?

– Geoffroy Katou Fabien jusqu'ici. Quitté par un cœur indécis. L'impression qu'y a pas d'raccourci. La course est finie, j'reprends mes esprits…
(« Jusqu'ici tout va bien » – Gims)

– Toc toc toc !
– Qui est là ?
– Medhi, Medhi, Nicole, Stéphanie, Donna…
– Medhi, Medhi, Nicole, Stéphanie, Donna qui ?
– Medhi Medhi Nicole Stéphanie, Donna ta main et prends la mienne, la cloche a sonné, ça signifie, la rue est à nous que la joie vienne, mais oui, mais oui l'école est finie…
(« L'école est finie » – Sheila)

– Toc toc toc !
– Qui est là ?
– Steve…
– Steve qui ?
– Steve'eux pas avoir des problèmes, ouvre-moi vite cette porte !

Trop blondes

Une blonde peste :
– Ça fait 15 fois que je l'appelle et il ne me répond pas ! dit-il à sa copine.
– Tu utilises ta calculatrice…

Que crie une blonde lorsqu'un blond lui fait l'amour ?
Aïe ! Mon nombril… Aïe ! Mon nombril… Aïe ! Mon nombril…

Une blonde a retiré les quatre pneus de sa voiture et roule ainsi jusqu'à ce qu'un policier l'arrête :
– Bonjour, Mademoiselle ! Vous savez que vous roulez sans pneus ?
– Oui ! Je me suis dit que ça lui ferait du bien de rouler un peu pieds nus !

Quel point commun y a-t-il entre une autruche et une blonde ?

Leur œil est plus grand que leur cerveau.

Lors d'un réveillon de Noël, un invité engage la conversation avec une blonde :

– Ce n'est pas encore cette année que l'on aura un Noël blanc !

– C'est pas grave, je bois que du rouge !

Quel point commun y a-t-il entre une blonde et un calendrier de l'avent?

Tous les jours, il lui manque une case de plus !

Un propriétaire téléphone à la locataire blonde qui occupe son appartement :

– Bonjour, Mademoiselle ! Est-ce que vous pourriez me payer le loyer ?

– Ah non, désolée, j'ai déjà du mal à payer le mien !

Un type aborde une blonde et lui demande :

– Je viens du nord de la France et toi t'es d'où ?

– J'suis une fille, on dit « douce » !

Les dragueurs

Que doit répondre une fille à un type qui dit l'avoir déjà vue quelque part ?
Dans un film porno ?

Un gars qui essaye de sortir avec une fille et à bout d'arguments…
– Bon, peut-être je suis pas beau mais… j'ai super bon cœur !
– Bah… J'ai pas besoin d'une greffe !

Un mec aborde une fille dans la rue et lui lance :
– Salut ! La météo ne prévoyait pas d'orage et, pourtant, je viens d'avoir un coup de foudre !
– Ah bon ? La météo ne prévoyait pas de vent non plus et, pourtant, tu vas t'en prendre un !

Une fille demande à un type qui la drague :
– Tu fais quoi après l'amour, toi ?

– Pourquoi cette question ?
– Bah, je voulais savoir, tu détaches le chien ou tu remercies ta main droite ?

Un gars embête une fille et celle-ci lui montre du doigt une chose au loin...
– Tu vois quelque chose là-bas ?
– Tout là-bas ? Oui...
– Bon alors, c'est là-bas que tu peux aller te faire foutre.

Un homme drague une jeune fille... Par prudence, il lui demande :
– Tu as quel âge ?
– Tu me donnes combien ? lui répond-elle.
– Donne-moi d'abord ton âge.

– Tu crois que c'est le destin qui nous a fait nous rencontrer ?
– Non, c'est juste de la malchance !

– C'est quoi ton signe ? demande un gars à une fille pour l'aborder.
– « Ne pas entrer », lui répond-elle.

Les répliques de ciné

« Ne serait-ce qu'à cause de ton vocabulaire, tu ne connaîtras jamais l'atroce volupté des grands chagrins d'amour… Mais tout le monde n'a pas la stature d'un tragédien… Contente-toi du bonheur, la consolation des médiocres. »
L'Incorrigible (1975) de Philippe de Broca avec Jean-Paul Belmondo, Geneviève Bujold

---

– Bon. Allez, moi, j'arrête, hein ! J'ai les doigts gelés.
– Ah non, mais t'exagères !
– Tiens, regarde ! Encore dix minutes et c'est l'amputation !
– Attends, c'est fini, j'suis sûr que c'est un bon endroit ici…
– Ouais, peut-être pour stocker du surgelé mais pas pour faire la manche, enfin !
Marche à l'ombre (1984) de Michel Blanc avec Gérard Lanvin, Michel Blanc

---

« Quelques fois dans la rue, il y a devant moi une belle fille qui marche les cheveux au vent. Les battements de mon cœur s'accélèrent, je presse le pas pour arriver à sa hauteur. Je la regarde, elle est moche. Eh bien je vous assure, je suis soulagé. Je trouve ça rassurant. »
La mariée était en noir (1968) de François Truffaut avec Jeanne Moreau, Michel Bouquet, Jean-Claude Brialy

---

– *Ein* rendez-vous ? *Das ist ein gross* folie !
– *Nein*, petite folie. Je peute compter sur vous ?
– Compter ?
– *Ja*, compe… ter. *Ein, zwei, drei*, compe… ter…
La Folie des grandeurs (1971) de Gérard Oury avec Louis de Funès, Yves Montand, Alice Sapritch

---

– Giacinta Johnson. Mes amis m'appellent Jinx.
– Les miens m'appellent James Bond.
Meurs un autre jour – James Bond 007 (2002) de Lee Tamahori avec Pierce Brosnan, Halle Berry

---

Humour noir

Un homme est conduit à la guillotine. Le couperet tombe mais rebondit sur son cou. Le bourreau recommence l'exécution de la sentence à trois reprises mais, à chaque fois, le couperet rebondit sur le cou du condamné sans même le blesser.
– Qu'en pensez-vous ? demande le juge au bourreau.
– Je pense qu'il est non coupable…

Qu'est-ce qui est noir et qui a sa queue deux mètres sous terre ?
Une veuve.

Deux amies se retrouvent…
– Au fait, dit la première, tu as des nouvelles de Sophie ?
– Mais elle est morte ? Tu ne savais pas ?
– Ouf ! Je suis soulagée, je croyais qu'elle était fâchée contre moi !

Deux types sont assis sur le parapet d'un pont, à plus de 100 mètres de hauteur. À l'approche de deux touristes, ils sautent dans le vide ! Ils chutent et 10 mètres avant qu'ils ne touchent le sol, remontent et viennent se rasseoir sur le parapet. Les deux touristes sont stupéfaits !

– Mais comment avez-vous fait ? Vous n'avez même pas d'élastique !

– C'est tout bête, répond l'un des deux gars. Il y a un très fort courant d'air ascendant sous ce pont. Rien ne peut tomber ! On se jette et le courant d'air nous fait automatiquement remonter sur le parapet.

– C'est incroyable ! On peut essayer ? demandent les deux touristes.

– Bien sûr, il n'y a aucun risque !

Les deux touristes grimpent sur le parapet, respirent un grand coup, se jettent dans le vide et… s'écrasent au sol, 100 mètres plus bas !

Les deux types se regardent, éclatent de rire et l'un d'eux dit :

– Franchement, on n'est pas un peu salauds pour des anges ?

Pourquoi la petite fille tombe-t-elle de la balançoire ?

Parce qu'elle n'a pas de bras !

Hommes et femmes en blanc

Dans un hôpital, un interne accompagne un médecin dans sa tournée de visites. En pénétrant dans l'une d'elles, ils surprennent un patient en train de se masturber.
– Mais que fait-il ! s'offusque le médecin.
– Il a une maladie des testicules, lui répond l'interne. Sa production de sperme est tellement importante qu'il doit se masturber toutes les demi-heures pour éviter que ses bourses implosent !
L'interne et le médecin entrent ensuite dans une autre chambre et surprennent une infirmière en train de sucer un patient.
– Mais que se passe-t-il ici ? s'offusque le médecin.
L'interne lui répond :
– Ce patient souffre de la même maladie que le précédent. Mais lui, il a une très bonne mutuelle…

Un Corse se rend chez son médecin qui lui annonce :
– Vous faites une allergie au bouleau.
– Ah ! Vous allez me faire un arrêt de travail !
– Non, je parlais de l'arbre…

Un vieux monsieur entre dans un cabinet médical et hurle :
– Je veux voir un docteur, j'ai un problème avec ma bite !
L'hôtesse d'accueil le reprend sèchement :
– Parlez moins fort, Monsieur. Les salles d'attente sont pleines et tout le monde vous entend. De plus, vous attendrez d'être avec le docteur pour lui exposer votre problème.
– Mais comment allez-vous savoir s'il faut m'orienter vers un généraliste ou bien un spécialiste ?
– Vous n'avez qu'à dire que vous avez un problème avec votre nez, vous discuterez ensuite de votre problème avec le docteur.
– D'accord.
Et le vieux monsieur dit alors bien fort :
– J'ai un problème avec mon nez, je n'arrive plus à pisser avec !

Une femme avoue à son médecin :
– Avant de venir vous consulter, j'ai vu un guérisseur.
– Ah bon ? Et quelle ânerie vous a-t-il dite, ce guérisseur ?
– Il m'a conseillé de venir vous voir...

Perles de coiffeurs

Dans la série des questions que l'on regrette d'avoir posées :

– J'aimerais bien changer un peu de tête…

– Qu'est-ce que vous aimeriez comme coupe ? Je peux vous faire la même que la mienne, ça vous irait bien aussi !

– Euh… Non, je vais rester comme ça.

Et encore :

– Et si on faisait la raie au milieu ?

– Une tête de cul, quoi !

———

Le coiffeur, c'est aussi le docteur du cheveu.

– Mais vous avez les cheveux brûlés ! ?

– J'ai fait un barbecue ce week-end…

Coiffeur… un métier dangereux !

– J'ai une de ces migraines… J'ai la tête qui va exploser !

– Vous me préviendrez que je m'éloigne un peu ?

———

Ce serait pourtant tellement pratique !
– J'aimerais bien changer de tête.
– Ah, je ne pratique pas la décapitation !

Aux grands maux, les grands remèdes !
– Je ne supporte plus ma tête. Je ne veux plus me voir ainsi ! Qu'est-ce que vous pourriez me conseiller ?
– De retirer vos lunettes !

C'est parfois un bonheur de travailler près de certains salons de coiffure : ils envoient des clients à leurs concurrents !
– Qui vous a coupé les cheveux la dernière fois ?
– Ce n'était pas chez vous, c'était chez vos concurrents.
– Et ils vous détestent tant que ça ?

Mieux vaut en rire...
– Vous avez brûlé vos cheveux ?
– J'ai mis la tête dans le four pour le nettoyer, il était encore chaud...
– Mais, c'est que vous êtes une tête brûlée, vous !

Atroces et bien dégueus

Quel point commun y a-t-il entre un petit enfant pauvre et un prisonnier qui s'évade ?
Ils crèvent la dalle…

Dans la rue, un acteur se fait aborder par une jeune fille dans le besoin…
– S'il vous plaît, aidez-moi. J'ai faim, je suis à la rue, je ne sais pas où dormir ce soir…
L'acteur réfléchit un instant et lui propose :
– Nous, les artistes, nous sommes dotés d'une grande sensibilité. Ton infortune me touche et me blesse au plus profond de mon âme. Tu peux venir dormir chez moi !
– Oh, que c'est généreux !
– Mais…, poursuit l'acteur, faudra quand même être gentille avec moi…
La jeune fille passe donc une nuit au chaud, mais dans les bras du comédien. Au petit matin, la jeune fille se lève et, pendant qu'elle se rhabille, elle dit à son hôte :
– J'ai tellement faim…

– Nous, les artistes, nous avons un grand cœur ! Tiens, voilà deux places pour venir me voir jouer au théâtre !
– Merci, mais… j'ai vraiment faim. Vous n'auriez pas un petit bout de pain ?
– Oh ! Si tu voulais manger, fallait baiser avec un boulanger !

Quand les femmes des pays pauvres ont-elles un peu de viande dans le ventre ?
Quand elles sont enceintes…

Que dit un oiseau quand il survole le camp d'Auschwitz ?
Cuit-Cuit-Cuit !

Pourquoi les pauvres sont-ils si forts au triple saut ?
Parce qu'ils sont habitués à sauter le petit déjeuner, le dîner et le souper…

Une petite fille à sa mère :
– Maman, papa bouge encore !
– Tais-toi et creuse !

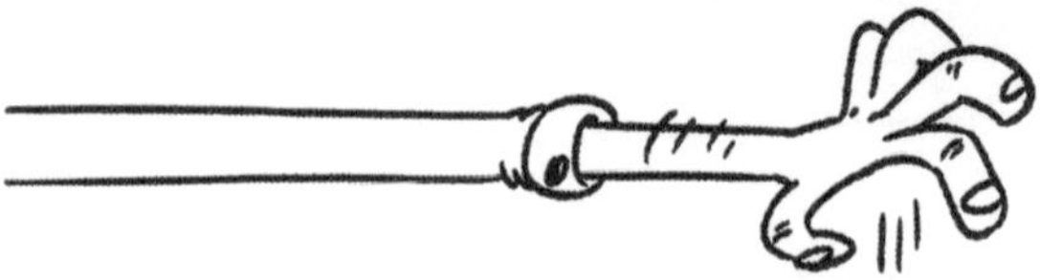

Comment emmerder le monde

Éduquez votre chien. Il ne doit pas faire ses besoins sur les trottoirs ! Apprenez-lui à se soulager sur les paillassons, dans les bacs à sable des squares, au pied des toboggans, dans les escaliers…

Faites signe à une voiture pour qu'elle s'arrête et vous laisse traverser. Arrivé au milieu de la chaussée, figez-vous, faites semblant de réfléchir, puis faites demi-tour.

Dites aux gens que le mieux, pour se débarrasser d'un air que l'on a dans la tête, c'est de penser à autre chose. Par exemple se demander où sont les femmes, avec leurs gestes pleins de charme…

En passant devant des toilettes publiques occupées, tambourinez à la porte en hurlant : « Au feu ! Au feu ! »

Arrêtez-vous 50 mètres après un auto-stoppeur. Laissez-le courir jusqu'à votre voiture, baissez la vitre côté passager, demandez-lui votre chemin, remerciez-le et redémarrez.

Dans un magasin de chaussures, demandez à essayer une dizaine de paires. Photographiez celles qui vous plaisent et dites que vous les achèterez sur Internet, car c'est moins cher.

Aux terrasses des cafés, intervenez dans les conversations de vos voisins pour contredire ce qu'ils disent.

Réveillez les gens qui dorment dans les transports en commun et dites-leur : « Attention, vous risquez de manquer votre arrêt ! »

Le saviez-vous ?
Pour donner un peu croquant à un plat, il suffit de remplacer le sel de table par du sable fin…

Blagues à papa

Comment dit-on: «Il est 18 heures» dans le Sud?
Il est 18 heures pétanque!

Comment conquérir la Mongolie?
Steppe by steppe.

Hulk se promène en ville, s'aperçoit que sa chemise est toute déchirée et s'écrie:
– Aaah! J'suis vert!

Mon premier est une merde.
Mon deuxième est une merde.
Et mon troisième est une merde.
Qui suis-je?
Réponse: une charade de merde!

Pourquoi les moutons mâchent-ils des chewing-gums ?
Parce que c'est bon pour la laine.

Quelle table n'a pas de pieds ?
La table de multiplication.

Comment dit-on « il a une gastroentérite » en japonais ?
Ischidsu.

À quoi sert un archipel ?
À faire des architrous !

Quel est le comble de la patience ?
C'est de jeter une pierre dans l'eau et d'attendre qu'elle remonte.

Pourquoi les Asiatiques ont-ils bonne haleine ?
Parce qu'ils se Bruce Lee dents !

Les questions connes

Qu'y a-t-il de plus cher dans une boîte de sardines à l'huile… Les sardines ou bien l'huile ?

Pour célébrer un moment important… Doit-on ouvrir une bouteille de champagne ou une bouteille d'huile de tournesol ?

Quand on se demande s'il est trop tard pour boire un café… Est-il encore trop tôt pour prendre l'apéro ?

Ceux qui ont des idées de merde… Est-ce parce qu'ils ont le trou du cul bouché ?

Une réduction dans les magasins U…
Doit-on l'appeler la réduc. U ?

Si les erreurs font grandir… Pourquoi personne n'a encore dépassé les 3 m ?

———

Si l'on mange du chevreuil… Est-ce que ça donne des gaz à effet de cerf?

———

Si on ne trouve pas chaussure à son pied… Doit-on marcher pieds nus ?

———

Voir un canard blanc sur un lac… Est-ce un signe ?

———

Si on prend un café allongé… Risque-t-on de s'en foutre partout ?

———

Le trône sur lequel les rois des cons s'assoient… C'est bien celui des chiottes ?

———

Comment celui qui n'a aucune attache fait-il ses lacets ?

———

Les plus courtes sont les meilleures

Dans un restaurant, un serveur apporte sa soupe à un client…
– Votre doigt trempe dans ma soupe ! s'indigne ce dernier.
– Ne vous inquiétez pas, répond le serveur, elle est froide.

Dracula à sa femme :
– Qui suce qui ce soir ?

C'est l'histoire d'un nain qui a 40 enfants !
Elle est courte, mais elle est bonne…

… et tu connais l'histoire de la minijupe ?
Elle est courte…mais elle est bonne aussi !

Une femme à très à forte poitrine rentre chez elle et annonce à son mari :
– Chérie, j'ai enfin trouvé un soutien-gorge qui serait à ma taille dans une boutique. Seulement, il coûte quand même 110 euros... Qu'est-ce que tu en penses ?
– Laisse tomber...

Un homme pose une devinette à sa femme :
– Est-ce que tu sais quelle différence il y a entre une bite et un fer à repasser ?
– Euh... Non.
– Alors continue à repasser !

– Toi, tu n'es pas né par hasard.
– Pourquoi ?
– Parce que le hasard fait bien les choses !

Quel est le comble de la prévoyance ?
C'est de s'excuser avant de péter !

Blagues à Toto

Toto à sa maman :
– Tu pourras acheter des bananes ?
– Ah, enfin ! Tu te décides à manger des fruits, c'est bien. Cela me fait plaisir !
– Non, ce n'est pas pour manger !
– Alors pourquoi est-ce faire ? Une activité ?
– C'est juste pour jeter les peaux sur le trottoir…

Le papa de Toto gronde son fils…
– Je t'ai déjà dit qu'il ne fallait pas jouer avec les allumettes !
– Oui, papa. Je sais…
– Alors pourquoi recommences-tu tout le temps ? Qu'est-ce que je dois faire pour que tu cesses de jouer avec les allumettes ?
– M'acheter un briquet ?

Le papa de Toto l'aide à faire ses devoirs...
– Tu achètes 3 tubes de colles pour un total de 4 euros 50. Comment trouves-tu le prix d'un tube de colle ?
– Bah... C'est facile, je regarde sur le ticket de caisse !

La maman de Toto se fâche :
– Toto ! Tu t'es encore levé cette nuit pour manger du chocolat !
– Non, maman !
– Ne mens pas, ton frère t'a vu !
– C'est pas vrai, il dormait !

La maîtresse demande à Toto de raconter la dernière fois où il a eu beaucoup de chance. Toto réfléchit un instant et commence :
– Je crois que ce devait être dimanche dernier quand maman m'a demandé de laver la vaisselle. J'ai eu beaucoup de chance !
– Tu appelles ça avoir de la chance ?
– Bah oui ! J'ai cassé toutes les assiettes avant de les laver !

Mots d'esprit

« Les cons ça ose tout, c'est même à ça qu'on les reconnaît. »

Michel Audiard

« Ça fait des siècles qu'ils mettent des robes aux enfants de chœur et on ne s'aperçoit qu'aujourd'hui que beaucoup de prêtres sont pédophiles ? »

Patrick Sébastien

« Le plus dur pour les hommes politiques, c'est d'avoir la mémoire qu'il faut pour se souvenir de ce qu'il ne faut pas dire. »

Coluche

« Sexe : le fruit d'Ève fendu. »

Jean Cocteau

« Si la matière grise était plus rose, le monde aurait moins les idées noires. »

Pierre Dac

« Quand la tour de Pise penche vers la droite, c'est qu'il va pleuvoir. Quand elle penche vers la gauche, c'est que vous arrivez par l'autre bout de la rue. »

François Cavanna

« Il y a des gens que j'aime et que je traite de cons, mais il n'y a pas de cons auxquels je dis que je les aime. »

Frédéric Dard

« Les fonctionnaires sont un petit peu comme les livres d'une bibliothèque. Ce sont les plus haut placés qui servent le moins… »

Georges Clemenceau

« S'il n'y a pas de solution c'est qu'il n'y a pas de problème. »

Jacques Rouxel

Les belles-mères

Comment fait-on pour tester les nouveaux ponts?
On fait venir dessus 300 belles-mères. Si le pont résiste, c'est que l'œuvre est bonne. S'il cède, c'est une bonne œuvre…

Une vieille dame traverse imprudemment la route. Un automobiliste arrive à vive allure et, pour éviter la dame, fait une embardée et écrase une poule. Le conducteur s'arrête, constate que la vieille dame n'a rien et que la poule est ratatinée… Il se rend alors dans la ferme voisine prévenir le paysan :
– Bonjour, Monsieur ! Voilà, je suis navrée mais… en évitant la vieille dame qui traversait, j'ai écrasé une de vos poules.
– Ah ben, vous alors ! s'exclame le paysan. On peut dire que vous accumulez les conneries ! Vous avez écrasé ma meilleure pondeuse pour éviter ma belle-mère !

Une femme dit à son mari :
– Il faut que je prenne rendez-vous chez un gynécologue pour ma mère.
– Un gynécologue, pour ta mère ?
– Oui, pourquoi ?
– Ben… À son âge, un spéléologue me paraîtrait plus approprié…

Un homme se sert de son téléphone portable pour prendre sa belle-mère en photo :
– Regardez-moi ! lui demande-t-il.
– C'est gentil de me prendre en photo. Qu'allez-vous en faire ?
– C'est pour la mettre en fond d'écran sur mon smartphone.
– Oh, vraiment ? fait la belle-mère flattée.
– Oui, comme ça, on ne me le volera pas !

Un homme se présente au guichet de la poste et demande :
– Je souhaiterais expédier cette lettre à ma belle-mère…
– Elle est timbrée ?
– Vous la connaissez ?

Les  les hommes femmes

Comment une femme peut-elle éviter le lavage du linge, le repassage et faire de la place dans les placards ?
En jetant les affaires que les hommes laissent par terre, puisqu'ils n'en veulent plus…

Marcher dans un centre commercial en tenant la main de sa femme, est-ce romantique ?
Non, c'est économique !

Quelle différence y a-t-il entre un homme et un chargeur de téléphone ?
On peut vivre sans un homme…

Quel est le secret d'un couple qui dure longtemps ?
Un homme qui supporte tout.

Pourquoi toutes les femmes sont-elles des cougars ?
Parce que les hommes sont des gamins !

Quel est le pire des enfants ?
Celui de sa belle-mère...

Faut-il croire les hommes qui promettent d'amener leur femme en croisière ?
Oui, parce qu'ils les mènent en bateau !

Le rugby féminin existe ! La preuve : ça s'appelle « les soldes » !

Saviez-vous que la nourriture met sept secondes pour aller de la bouche à l'estomac ? Qu'un cheveu humain peut supporter 3 kg ? Que le pénis d'un homme mesure trois fois la longueur de son pouce ? Que la peau d'un humain pèse deux fois plus que son cerveau ? Et que les femmes ont déjà fini de lire ces informations alors que les hommes sont encore en train de mesurer leur pouce ?

Monsieur et Madame...

Monsieur et Madame **Pananananananère** ont une fille.
Comment l'appellent-ils ?
Tatiana (Toi t'en as pas, na-na-na-nanère !)

Monsieur et Madame **Tic** ont une fille.
Comment l'appellent-ils ?
Asma (Asthmatique)

Monsieur et Madame **Tonchienkimpis de Sue** ont une fille.
Comment l'appellent-ils ?
Claudia (Claude, y a ton chien qui me pisse dessus)

Monsieur et Madame **Tatouille** ont une fille.
Comment l'appellent-ils ?
Sarah (Sa ratatouille)

Monsieur et Madame **Teleu de Mapar** ont une fille.
Comment l'appellent-ils ?
Félicie (Félicite-le de ma part)

Monsieur et Madame **O'Scopi** ont une fille.
Comment l'appellent-ils ?
Ambre (Ombroscopie)

Monsieur et Madame **Paranplac** ont un fils.
Comment l'appellent-ils ?
Samuel (Sa mue, elle part en plaques)

Monsieur et Madame **Tepic-Laisieu** ont une fille.
Comment l'appellent-ils ?
Sacha (Sa chatte pique les yeux)

Monsieur et Madame **Vasléchéldo** ont une fille.
Comment l'appellent-ils ?
Hillary (Il arrive à se lécher le dos)

Devinettes

Que dit un Portugais devant un mur qui s'effondre ?
Que ce monde est truelle !

Que peut-on entendre quand on met des pizzas dans le four ?
Le chant des 6 reines…

Pourquoi le Père Noël est-il toujours de bonne humeur ?
Parce que ce n'est pas lui qui paye les cadeaux !

Qu'est-ce qu'un footballeur qui sort sur une civière et entouré de soignants ?
Un transport de fonds.

Qu'y a-t-il de plus efficace qu'une ceinture ou des bretelles pour maintenir un pantalon ?
Le Nutella…

Pourquoi les Écossais se font-ils des tartines de pain avec du beurre et de la confiture ?
Parce que c'est plus économique que de se faire une tartine de confiture et une tartine de beurre…

Comment déclarer sa flamme à une fille très grosse ?
En lui disant : « Je suis fast-food de toi ! »

Quelle différence y a-t-il entre un gros cul et la banquise ?
La banquise fond plus rapidement !

Quels sont les gâteaux préférés de Brigitte Macron ?
Les Petit Écolier.

Les répliques de ciné

– Qui c'est, ces types ?
– Des représentants.
– En quoi ?
– En souvenirs…
Ne nous fâchons pas (1966) de Georges Lautner avec Lino Ventura, Mireille Darc, Jean Lefebvre

---

– Les Français sont indiscrets !
– Moins que votre soleil romain…
– Et hop, il l'a emballé ! Alors moi, il m'épate. Il m'épate, mais il m'épaaate !
Le Corniaud (1965) de Gérard Oury avec Bourvil, Louis de Funès

---

« Ce qu'il faut maintenant, c'est pas rattraper les Allemands qui sont devant... sans se laisser rattraper par les Allemands qui sont derrière. »
On a retrouvé la Septième Compagnie (1975) de Robert Lamoureux avec Jean Lefebvre, Pierre Mondy, Robert Lamoureux

---

– Alors, ton Olympiade du hold-up, où t'en es ?
– J'vous l'ai déjà dit : on braque un fourgon postal. L'influence anglaise, comme dans tout, quoi...

– D'ici à ce que vous alliez acheter vos cagoules chez Old England, y a pas loin !
Le Pacha (1968) de Georges Lautner avec Jean Gabin, Dany Carrel, André Pousse

---

« Si on peut plus péter sous les étoiles sans faire tomber un Martien, y va nous en arriver des pleines brouettes ! »
La Soupe aux choux (1981) de Jean Girault avec Louis de Funès, Jacques Villeret, Jean Carmet

---

Drôles de couples

Sur son lit d'hôpital, une femme va bientôt mourir. Son mari, un footeux dans l'âme, est à son chevet.
– Chéri, avant que je ne parte, j'aimerais te confesser quelque chose… lui dit-elle.
– Vas-y, je t'écoute.
– Je t'ai toujours aimé et pourtant… je t'ai trompé.
– Hein ! Pourquoi me faire cette peine avant de mourir ? Tu ne pouvais pas garder ça pour toi ?
– Non, j'avais besoin de soulager ma conscience…
– Et pendant combien de temps m'as-tu trompé ?
– Je ne t'ai trompé que deux fois ! La première fois, c'était avec ton entraîneur de foot.
– Ah, le salaud ! Et la deuxième fois ?
–Avec ton équipe…

Un soir, un mari rentre chez lui et annonce à sa femme :
– Chérie, j'ai une surprise à t'annoncer !
– Vite, dis-moi !
– Je me suis dit que jamais tu n'oserais partir une semaine aux sports d'hivers avec ton vieux manteau…

– Oh, mon amour… Tu as pensé à ça !
– Oui. C'est pour ça que je me suis dit qu'il valait mieux que j'y aille tout seul, du coup je n'ai pris qu'un seul billet.

Un couple fait l'amour… La femme dit à son mari :
– Oh chéri ! Dis-moi que tu m'aimes… Dis-moi que tu m'aimes…
Pas de réponse…
– Oh chéri ! Dis-moi que tu m'aimes… Dis-moi que tu m'aimes…
Toujours pas de réponse…
– Oh chéri ! Dis-moi que tu m'aimes… Dis-moi que tu m'aimes…
Silence radio…
– Oh chéri ! Dis-moi que tu m'aimes… Dis-moi que tu m'aimes…
– Oh ! Tu vois bien que je suis occupé, non !

Un couple vient de passer sa nuit de noces. Au petit matin, le mari se lève et prépare le café. Sur un plateau, il apporte le petit déjeuner au lit à sa femme. Cette dernière boit une gorgée de café, fait la grimace et dit :
– Alors comme ça, tu ne sais pas non plus faire le café ?

Idées à la con pour redresser la France

Réforme des institutions

Interdire, en cas de désaccord de l'Assemblée nationale avec le projet de loi du Gouvernement, le recours par ce dernier à l'article 49.3. Voter un article 49.4 autorisant le Gouvernement à recourir au 49.3 de manière exceptionnelle.

Économie

Autoriser la Française des jeux à organiser des paris sur les résultats et les scores de toutes les élections. Les candidats seraient aussi autorisés à parier.

Agriculture

Autoriser les producteurs laitiers à vendre leur lait sans intermédiaire, directement au consommateur. Le lait devrait cependant être consommé sur place, directement au pis de la vache.

Vivre ensemble
Encourager les Français à réconcilier les uns avec les autres, à réapprendre à vivre ensemble. À titre d'expérience, pendant deux mois, chaque ménage devrait échanger conjoints et enfants avec ses voisins.

Emploi et intégration des travailleurs handicapés
Pour lutter contre le chômage tout en encourageant l'emploi de travailleurs handicapés, forcer les entreprises souhaitant réduire leur masse salariale à embaucher un nain (tout en étant autorisées à ne lui verser qu'un demi-salaire) pour chaque licenciement.

Politique familiale
Remplacer l'allocation familiale par le don annuel d'un cochon d'un poids égal à 20 kg par membre d'une même famille bénéficiaire.

Santé
Étendre la chaîne du froid appliquée aux denrées alimentaires aux personnes décédées, notamment dans les hôpitaux, morgues et funérariums.

Trop blondes

Quelle différence y a-t-il entre une allumette et une blonde ?
Une blonde est facile à allumer.

———

Deux blondes discutent :
– Quand fait-on une sortie ensemble ?
– Dimanche ?
– Manche.

———

Un docteur annonce à sa patiente blonde :
– Vous avez des calculs rénaux…
– Mais j'suis nulle en maths !

———

Quel point commun y a-t-il entre la tête d'une blonde et les Kinder Surprise ?
Il y a que des conneries à l'intérieur.

———

Une blonde commande son plat auprès d'un serveur et celui-ci la prévient :
– Il risque d'y avoir de l'attente…
– Pas grave, j'aime bien le camping !

Que peut-on faire avec une blonde, de la farine, du lait, du beurre et une tranche de jambon ?
Une endive au jambon.

Une blonde annonce à son mari qu'elle est enceinte de six mois :
– Mais chérie, pourquoi tu ne me l'as pas dit plus tôt ?
– Ben… J'étais pas sûr d'être la mère…

Une blonde se confie à une amie :
– Des fois, quand ça ne va pas, tu sais ce que je fais ?
– Non, dis-moi.
– Je ferme les yeux et à ce moment-là…
– Et là ?
– Ben… Je vois rien.

Le troisième âge

Une vieille dame est allongée sur son lit de mort. Son époux et le médecin se tiennent près d'elle :

– Arrrrgh ! Arrrrrgh ! Arrrrrgh ! fait la vieille femme agonisante.

– Il y a longtemps qu'elle râle ? demande le médecin au mari.

– Oui, depuis qu'on est marié !

Une cougar accoste un adolescent et l'invite à la rejoindre chez elle… Arrivés dans l'appartement, elle lui dit :

– Dis-moi, petit coquin, ça te dirait de faire l'amour à la mère et la fille en même temps ?

– Oh oui ! fait le jeune homme.

La femme se retourne alors et appelle :

– C'est bon maman, tu peux venir !

Deux mamies discutent sur un banc :
– De nos jours, tout le monde pense comme tout le monde !
– Je suis entièrement d'accord avec vous !

Le président du tribunal s'adresse à une vieille dame de 90 ans :
– Expliquez-nous comment tout ceci est arrivé, Madame.
– J'étais assise sur une chaise, dans mon jardin. Un jeune homme est passé dans la rue et m'a souri… J'ai répondu par un sourire.
– Que s'est-il passé ensuite ?
– Il a sauté par-dessus le muret et est venu me rejoindre. Il m'a pris la main et m'a fait la bise…
– Et ?
– Ensuite, il a caressé mes seins.
– Vous lui avez demandé d'arrêter ?
– Non, je ne comprenais pas ce qui se passait… Mais après, il a écarté mes jambes…
– Vous vous êtes défendue ?
– J'étais tétanisée… Il en a profité pour m'enlever ma culotte !
– Vous n'avez toujours pas pu réagir ?
– Si, j'ai crié : « Prends-moi ! Oh oui, prends-moi ! » Et puis il a rigolé en disant : « Poisson d'avril ! » Et c'est là que je l'ai descendu, ce petit merdeux…

Les répliques de ciné

– Alors, elle est gentille, hein, ma fille ?
– Oui… Mais qu'est-ce qu'elle est laide !
Tatie Danielle (1990) d'Étienne Chatiliez avec Tsilla Chelton, Catherine Jacob, Isabelle Nanty

———

– Heu… Qu'est-ce que c'est que la crêpe « Gigi » ?
– Eh bien, la crêpe « Gigi », c'est une fine couche de Sarrazin saisie dessus dessous et parsemée de pétales de rose tièdes ! C'est délicieux !
– Ha oui, certainement ! Je vais vous prendre une crêpe au suc' avec une bière.
– Ha non, non, non ! Je m'excuse Monsieur, mais nous ne faisons pas ça ici, vous vous êtes trompé d'établissement. Vous avez toutes nos crêpes sur la carte.
– Vous avez de la pâte ? Vous avez du suc' ? Alors avec la pâte vous faites une crêpe et vous mettez du suc' dessus !
Les Bronzés (1978) de Patrice Leconte avec Michel Blanc, Marie-Anne Chazel, Christian Clavier, Thierry Lhermitte, Gérard Jugnot, Josiane Balasko

———

« Deux intellectuels assis vont moins loin qu'une brute qui marche. »
Un taxi pour Tobrouk (1960) de Denys de La Patellière avec Lino Ventura, Charles Aznavour, Maurice Biraud, Germán Cobos, Hardy Krüger

---

– Vous avez peur du vide ?
– Stéphane, je m'appelle Stéphane pas David.
– Non, j'ai dit : « Du vide ».
– Non, vous avez dit : « Vous avez peur David ? »
– J'ai dit : « Vous avez peur du vide ».
– Ah… Pardon, heu… Non, non vous inquiétez pas, je suis pas… heu… vidophobe…
Un ticket pour l'espace (2006) de Éric Lartigau avec Kad Merad, Olivier Baroux, Marina Foïs

---

– Bougez pas ! Les mains sur la table ! Je vous préviens qu'on a la puissance de feu d'un croiseur, et des flingues de concours.
– Si ces messieurs veulent bien m'les confier…
Les Tontons flingueurs (1963) de Georges Lautner avec Lino Ventura, Bernard Blier, Francis Blanche, Claude Rich, Jean Lefebvre, Jacques Dumesnil

---

Blagues à papa

À quoi servent les hyperboles ?
À manger de l'hypersoupe !

Quelle différence y a-t-il entre un pneu et 365 préservatifs ?
Le pneu c'est Goodyear, et les préservatifs *very good year* !

Pourquoi un éléphant ne peut-il pas voir le bout de sa trompe ?
Parce qu'il est nez avec des défenses d'ivoire…

Un petit canard marche…
Il lève une patte, il trouve ça drôle !
Il lève l'autre patte, il tombe sur le cul !

Comment fait un fonctionnaire pour faire un clin d'œil ?
Il ouvre un œil !

Qu'est-ce qui est blanc et qui va vite ?
Un frigo de course.

Quel est le comble pour un chou rouge ?
C'est de faire chou blanc.

Pourquoi la lettre « a » vaut-elle la lettre « k » ?
Parce que « avocat » ...

Pourquoi Juliette range-t-elle le rhum dans le placard du haut ?
Parce que son rhum est haut...

Comment appelle-t-on un dinosaure homosexuel ?
Un déchiranus.

L'abus d'alcool est dangereux pour la santé

Un type explique son addiction à l'alcool à un ami :
– En fait, quand je veux boire, j'entends deux voix dans ma tête… La première me dit : « Arrête de boire ! », et l'autre me dit : « L'écoute pas, elle est bourrée ! »

Quelle différence y a-t-il entre un mariage irlandais et un enterrement irlandais ?
À l'enterrement irlandais, il y en a un de moins de bourré.

Au comptoir d'un bar, un type explique à son voisin :
– La terre… La terre, elle tourne à 1 700 km/h !
– Ah ?
– Et en plus, elle… elle tourne autour du soleil à 110 000 km/h !
– C'est fou !
– Alors que le soleil lui, ben… il se déplace à 830 000 km/h dans la galaxie !

– Incroyable… Pourquoi tu me dis tout ça ?
– Bah… C'est pour dire que… que si jamais j'te vomis dessus, c'est pas à cause du pastis !

Quelle est l'heure préférée des alcooliques ?
Le passage à l'heure dix verres.
Et l'heure qu'ils détestent le plus ?
Celle du passage à l'heure des thés…

Quelle est la chanteuse préférée des alcooliques ?
Britney Spritz.

Deux ivrognes philosophent tout en sirotant leur verre au bar :
– Pour toi, ce serait quoi la recette du bonheur ? demande le premier.
– Peu m'importe ! Pourvu qu'il y ait un peu de rhum dedans…

Quel point commun y a-t-il entre le métro aux heures de pointe et un alcoolique ?
Ils sont toujours pleins !

Perles d'enseignants

Élève très attentif… à l'horloge et aux filles !

A fait beaucoup d'efforts ce trimestre : ne ronfle plus quand il dort !

« En rang ! Enfilez-vous les uns derrière les autres ! »

Que se passe-t-il ? Une grève céphalique ?

« Encore une bulle ! Et avec toutes celles que vous collectionnez, peut-être trouverez-vous du travail dans une fabrique d'eau pétillante ? »

Esprit… es-tu là ?

Un élève sur qui l'on peut compter, mais qui ne sait malheureusement pas compter…

« Je ne sais plus par quel bout vous prendre… »

« Faites en sorte que, lorsque l'on s'adresse à vous, nous n'ayons plus la désagréable impression de passer du coq à l'âne ! »

Élève trop rarement réveillé pour savoir s'il est bien éveillé.

« Expirez, soufflez… Expirez, soufflez… »

« Je ne veux pas entendre les téléphones portables sonner avant la sonnerie. »

« Ne désespérez pas, chaque poubelle a son couvercle. En attendant, vous pouvez y jeter votre copie. »

Ces chères têtes blondes

Un enfant rentre à la maison après avoir joué tout l'après-midi avec ses copains.

– Ta journée s'est bien passée ? Tu t'es bien amusé ? questionne sa maman.

– Oui. On a joué au foot avec les copains et après je suis allé dans la chambre avec Léa. On a décidé de se marier !

Amusée, la maman demande :

– Ah bon ? Alors vous allez vivre ensemble ?

– Oui.

– Et comment allez-vous faire pour vivre sans argent ?

– Ben… Avec les 2 euros d'argent de poche que vous me donnez et les 3 euros qu'on donne à Léa, on devrait pouvoir vivre.

– D'accord, mais que ferez-vous si vous avez des enfants ?

– Ben… Jusque-là, on a eu de la chance !

Un enfant pose une colle à son copain :

– Tu sais quelle partie du corps entre en premier au paradis ?

– On y entre par la tête ?
– Non.
– Par les bras ?
– Non plus. On y entre par les pieds !
– Par les pieds ?
– Oui ! Hier soir, je suis entré dans la chambre de mes parents et j'ai vu ma mère qui avait les pieds en l'air et qui criait : « Oh oui ! Oh mon Dieu ! Je suis au paradis ! »

Un petit garçon qui joue par terre regarde sous les jupons de sa mère et s'étonne…
– Maman ! C'est quoi cette touffe noire que tu as entre les jambes ?
– Heu… C'est un balai ! avance-t-elle comme explication.
– Un balai sans manche ?
– Oui, le manche, c'est ton père qui l'a !

Un enfant est en train de sécher sur une interrogation écrite… À chaque question, il se lèche la main pour ensuite se mouiller le front. La maîtresse lui demande enfin :
– Mais pourquoi t'humectes-tu ainsi le front avec ta salive ?
– Ben… C'est maman, l'autre jour je l'ai entendu dire à papa : « Mouille la tête, ça rentrera mieux ! »

Insultes à la con

Si les cerveaux étaient taxés, tu obtiendrais un rabais !

Si t'étais juste un peu plus con, il faudrait t'arroser deux fois par semaine !

Certains boivent à la fontaine de la connaissance, toi tu ne fais que t'y gargariser !

Ce qui est inconcevable, c'est que tu aies pu battre un million de spermatozoïdes.

T'es tellement naine que tu prends ta douche sous le percolateur !

Franchement, si j'avais ta tête à la place de mon cul, j'aurais honte de chier !

T'es tellement grosse que quand tu t'assieds quelque part tu t'assieds à côté de tout le monde !

Me touche pas, tu laisses des traces de gras !

Tu es né comme ça ou on t'a marché dessus ?

Ton cul est tellement large que le jour où on le montrera sur France 2 on le verra aussi sur TF1 et France 3 !

Tu n'es qu'un fil dans une fondue !

La ronde des métiers

Charpentier

Un charpentier est tombé du toit et s'est cassé la jambe. Aux urgences de l'hôpital, un interne lui demande :

– Alors, comment vous êtes-vous cassé cette jambe ?

– C'était il y a 30 ans…, commence à raconter le patient. Je faisais mon compagnonnage et j'étais de passage dans une ferme. Je dormais dans la grange, dans le foin. Un soir, la fille de mon hôte, une superbe créature, est venue me voir et m'a demandé : «Vous n'avez besoin de rien ?», je lui ai répondu que non, tout allait bien. Une heure plus tard, la petite blonde aux yeux bleus est revenue et m'a redemandé : « Vous êtes sûr que vous n'avez besoin de rien ? », j'ai répondu que non. Et durant la nuit elle est encore revenue à trois reprises me demander si je n'avais besoin de rien !

– Heu… Oui, d'accord, mais… je ne vois pas très bien le rapport avec votre jambe cassée ?

– Ben… Ce matin, en couvrant un toit, j'ai repensé à cette histoire et… j'ai finalement compris ce qu'elle voulait dire ! Alors, je suis tombé à la renverse…

Chef de service

Un chef de service qui ne se sent pas respecté par le personnel appose sur la porte de son bureau une pancarte sur laquelle il est inscrit : « Ici, c'est moi le chef ! » À son retour de la pause déjeuner, il remarque un Post-It® laissé par un employé à son intention, à côté de son téléphone. Il lit : « Votre femme a téléphoné, elle veut récupérer sa pancarte immédiatement. »

Employé de bureau

Deux collègues de bureau parlent de leurs futures vacances :

– Moi, dit le premier, pendant les vacances, je sors tous les soirs en boîte et je ramène toujours une ou deux petites jeunettes au pieu ! En fait, pendant les vacances, je me fatigue plus qu'au travail : je baise tout le temps ! Mais je préfère partir dans des endroits assez discrets pour pas me faire trop remarquer. Avec tous les canons que je tire, je ne voudrais pas attiser les jalousies !

– Tu vas à Marseille, alors ?

– À Marseille ? Pourquoi à Marseille ?

– Ben… Quand on a une grande gueule et qu'on ne veut pas se faire remarquer, on va à Marseille !

C'est comme...

C'est un jour férien. C'est comme un jour férié, je fous rien…

———

Je suis flemmord. C'est comme fainéant et l'on pourrait même croire que je suis décédé.

———

C'est cagastrophique. C'est comme catastrophique et ça concerne ma digestion…

———

Je suis mélancolite. Je regrette le temps où je n'avais jamais mal au ventre…

———

Rien ne matin. C'est parce que je suis du soir…

———

J'ai des abdomignons. Les vôtres sont minaux…

———

Je t'écouille ! C'est comme « je t'écoute » mais je m'en balec…

C'est une gnagnanasse. C'est comme une connasse, toujours à faire des gnagnagnas…

Je suis sanseintionnelle ! C'est comme sensationnelle sauf que je suis plate…

C'est une quinoasse ! C'est comme connasse mais elle en plus elle est vegan…

Je fais des corneries. Ce sont des conneries, je suis infidèle…

Je fais une terassothérapie. C'est comme une thalassothérapie mais avec une chaise, une petite table et un verre que l'on sirote en disant du mal des passants…

Les plus courtes sont les meilleures

Il existe deux types de policiers : les manuels et les intellectuels. Les manuels font signe de passer avec la main et les intellectuels font signe de passer avec la tête…

Un obèse attend son fils à la sortie de l'école. Pour engager la conversation, un parent lui demande :
– Vous attendez un enfant ?
– Non, j'ai toujours été comme ça…

Comment appelle-t-on la maladie qui consiste à gesticuler tout le temps, parler pour ne rien dire et mentir à longueur de journée ?
La politique.

Pourquoi les Corses sont-ils sourds ?
Parce qu'ils disent toujours « si je m'écoutais, j'irai travailler… ».

Qu'est-ce que l'amour?
C'est une maladie contagieuse qui commence par une forte fièvre et finit par un refroidissement!

Quels points communs y a-t-il entre une mini-jupe et un bon discours?
Ce doit être assez court pour conserver l'attention et assez long pour couvrir l'essentiel.

Voici le résultat d'une récente enquête dont la question était : « Quelle est votre opinion sur la pénurie d'aliments dans le reste du monde ? » Cette enquête fut un échec car :
– En Afrique, personne n'a su ce qu'étaient des « aliments ».
– En Europe occidentale, personne n'a su ce qu'était une « pénurie ».
– En Europe de l'Est, personne n'a su ce qu'était une « opinion ».
– Aux États-Unis, personne n'a su ce qu'était le « reste du monde ».

Blagues coquines

Quel point commun y a-t-il entre voter et Tinder ?
Tu choisis qui va te baiser.

Un homme qui conduit un très gros 4 x 4 se rend à un rendez-vous galant. Souffrant de problèmes d'érection et afin d'en avoir une convenable, l'homme a l'habitude de se masturber avant d'avoir un rapport sexuel. Garé devant le domicile de la dame, il hésite à se masturber dans la voiture, mais il y a quelques passants, qui le font regretter de ne pas avoir pris l'option « vitres teintées »… Il pense à se rendre dans des toilettes publiques, mais l'hygiène déplorable à laquelle il pourrait y être confronté risquerait de produire sur lui l'effet inverse de celui recherché… Alors il descend de son véhicule et se glisse sous son gros 4 x 4. Là, personne ne peut le voir ! Il s'allonge sur le dos, baisse son pantalon, ferme les yeux et commence à se masturber en passant à la femme qu'il doit rencontrer. Soudain, une voix vient le troubler dans son activité :
– Bonjour Monsieur, Gendarmerie ! Que faites-vous ?

Tout en continuant à se masturber et en gardant les yeux fermés pour tenter de rester concentré, le type répond au gendarme :
– Je vérifie l'essieu de mon 4 x 4, je crois qu'il y a un souci…
– Très bien, fait le gendarme. Tant que vous y êtes, pensez aussi à vérifier le frein à main, votre 4 x 4 est 50 m plus loin !

Un policier rentre chez lui et surprend sa femme au lit avec un homme. Le mari sort aussitôt son arme de service et la braque sur l'amant :
– Pitié, ne tirez pas ! hurle ce dernier.
– Espèce de bâtard ! Lève-toi et mets-toi contre le mur ! ordonne le cocu.
Le type se lève et s'exécute. Adossé au mur, entièrement nu, les bras en l'air et les jambes écartées, il bafouille :
– Pi… Pitié… Pitié…
Le policier pose ensuite le canon de son flingue sur les couilles de l'amant et lui annonce :
– Et maintenant, je vais t'exploser les burnes !
– Pitié ! Je vous en supplie, laissez-moi au moins une chance ?
– D'accord. Balance-les de droite à gauche !

Mots d'esprit

« Les Français ne parlent presque jamais de leurs femmes ; c'est qu'ils ont peur d'en parler devant des gens qui les connaissent mieux qu'eux. »

Montesquieu

« Un seul spermatozoïde sur trois millions atteint l'ovule : chaque fornication est un holocauste. »

Olivier de Kersauson

« Les journalistes ne croient pas les mensonges des hommes politiques, mais ils les répètent, c'est pire ! »

Coluche

« Après 30 ans de vie commune, on ne sourit à pleines dents que le soir, sur la table de nuit, dans un verre. »

Patrick Sébastien

« La puissance du ressort du grille-pain est proportionnelle à la taille de la cuisine. »

Fabien Rohrhust

« Quand j'étais môme, la chaîne météo, ça existait déjà. On appelait ça la fenêtre. »

Jean Yanne

« Votre Picasso a ensorcelé l'Amérique, pays des femmes ; et il peint les femmes avec une bouche à la place de l'oreille. Ça prouve qu'il les connaît bien. »

Jean Cocteau

« Boire du café empêche de dormir. En revanche, dormir empêche de boire du café. »

Philippe Geluck

« Pour qu'il y ait le moins de mécontents possible, il faut toujours taper sur les mêmes. »

Jacques Rouxel

Ani'mots

Deux poulets jouent à la bataille navale :
– H5N1 !
– Je suis foutu !

Pourquoi les girafes n'existent pas ?
Parce que c'est un cou monté.

Pourquoi les serpents sont-ils vicieux ?
Parce que c'est un cou tordu.

Que dit un coq pour séduire une poule ?
« Oh… T'as de beaux œufs, tu sais ? »
Et que lui répond la poule séduite ?
« Jamais d'œufs sans toi ! »

La veille de Noël, un paysan pénètre dans la basse-cour et attrape une dinde. Le dindon s'écrie alors :
– Ah, le salaud ! Il va se la farcir !

Quelle différence y a-t-il entre un rat et un porc ?
Aucun rapport !

– C'est l'histoire d'une tortue qui monte une colline…
– Et après ?
– Eh bien attends, laisse-lui le temps de monter !

Quelle différence y a-t-il entre un éléphant et une vierge ?
Je ne sais pas, je n'ai jamais monté un éléphant…

Deux Suisses se promènent. Tout d'un coup, l'un d'eux se retourne et écrase violemment un escargot avec son pied :
– Qu'est-ce qui te prend ? lui demande l'autre.
– Il m'énervait ! Ça fait une demi-heure qu'il nous suit !

Les dragueurs

Un homme qui s'est inscrit sur un site de rencontres a rendez-vous avec une jeune femme dans un café. Très anxieux, il demande des conseils à un ami :
– Imagine qu'elle soit moche… Qu'est-ce que je fais ?
– Vous n'avez pas échangé vos photos ?
– Non, je n'ai pas voulu qu'on se voie avant. Mais maintenant, je regrette… Alors, qu'est-ce que je fais ?
– Ben… Comment vous allez vous reconnaître ?
– On aura chacun une rose rouge à la main.
– Bien. Alors tu entres dans le café et si tu la trouves moche, tu tombes par terre et tu simules une crise d'asthme en faisant : « Arrrrrrghhhhhhh !!! ». Voilà, c'est aussi simple que ça !
– D'accord, bonne idée !
Le lendemain, l'homme entre dans le café la peur au ventre. Rapidement, il repère une superbe jeune femme qui attend à une table avec une rose rouge à la main. Soulagé, l'homme respire un grand coup. Il sent son cœur battre la chamade et s'avance vers elle en souriant car cela ne fait déjà plus aucun doute pour lui, c'est la femme de sa vie ! Lorsqu'il arrive devant elle, la femme lève les yeux, voit la rose rouge qu'il tient à la

main, le regarde puis… s'effondre par terre en faisant : « Arrrrrrghhhhhhh ! ! ! ».

Un homme drague une femme et cette dernière le prévient :
– J'ai déjà été mariée…
– Ah… Et combien de maris avez-vous eus ?
– Y compris en comptant les miens ?

Un garçon rencontre une jolie fille dans une discothèque et la drague toute la soirée. Il a un véritable coup de cœur et, vers 4 heures du matin, il se décide à la convier à venir dans sa voiture. Alors qu'ils sont installés sur la banquette arrière, il ose enfin lui demander :
– Je sais que c'est peut-être trop tôt, mais ce que j'éprouve pour toi est sincère. Je ne pensais pas que l'on pouvait tomber amoureux d'une personne aussi rapidement. Est-ce que tu veux bien sortir avec moi ?
– Tu es le premier…, lui confie-t-elle.
– Ne t'inquiète pas, je serais tendre avec toi… Tu es donc aussi encore vierge ?
– Mais pas du tout ! C'est juste que, pour coucher avec moi, les autres ne m'ont jamais rien demandé !

Toc toc toc

– Toc toc toc !
– Qui est là ?
– Evi, Armand…
– Evi, Armand qui ?
– Evi Armand. On pleure un peu. Pour mieux s’aimer. Être à deux, c’est pas donné. Évidemment…
(« Évidemment » – Kendji Girac)

– Toc toc toc !
– Qui est là ?
– Gérard…
– Gérard qui ?
– Gérard’ment la clé pour entrer alors ouvre !

– Toc toc toc !
– Qui est là ?
– Elsa, Isabeau, deux Laure…
– Elsa, Isabeau, deux Laure qui ?

– Elsa Isabeau deux Laure. Prends mon cœur, garde-le, mon cœur, j'peux tenir encore. Et ça, ça vaut de l'or…
(« De l'or » – Slimane et Vitaa)

– Toc toc toc !
– Qui est là ?
– Ethan, Alan, Abraham…
– Ethan, Alan, Abraham qui ?
– Ethan, Alan, Abraham… Il arrive en courant derrière moi, padam… padam… padam… Il me fait le coup du souviens-toi, padam… padam… padam… C'est un air qui me montre du doigt…
(« Padam padam » – Édith Piaf)

– Toc toc toc !
– Qui est là ?
– Carl ou Odile…
– Carl ou Odile qui ?
– Carl ou Odiiiiiiiiiiile !
(« Gare au gorille » – Georges Brassens)

Devinettes

Que se passe-t-il quand un serpent mord une brune ?
C'est le serpent qui meurt !

—

Pourquoi le cerveau des blondes prend-il de la valeur ?
Parce que l'eau est de plus en plus chère.

—

Comment reconnaît-on une ânesse en chaleur ?
Si tu ne le sais pas, c'est que t'es plus con qu'un âne !

—

Pourquoi les aveugles n'ont-ils pas le droit de faire du saut à l'élastique ?
Parce que les chiens ont trop peur !

—

Quel est le fantasme d'une panthère ?
Avoir un string en peau de pute !

—

À quoi correspondent les lettres A B C D E F qui définissent les tailles de bonnets des soutiens-gorge ?
A – Appréciable ; B – Bien ; C – Canon ; D – Dément ; E – Énorme ; F – Faux

---

Que manque-t-il à une fille qui, sur Instagram, a 6 000 « J'aime » et 500 commentaires sous sa publication ?
Ses vêtements !

Pourquoi faut-il être gentil pour avoir un orgasme ?
Parce que plus t'es gentil, plus tu te fais baiser !

Quel mot de passe est-on certain de ne jamais oublier ?
« Incorrect. » Si vous tapez n'importe quel autre mot de passe, l'écran vous indiquera « votre mot de passe est incorrect ».

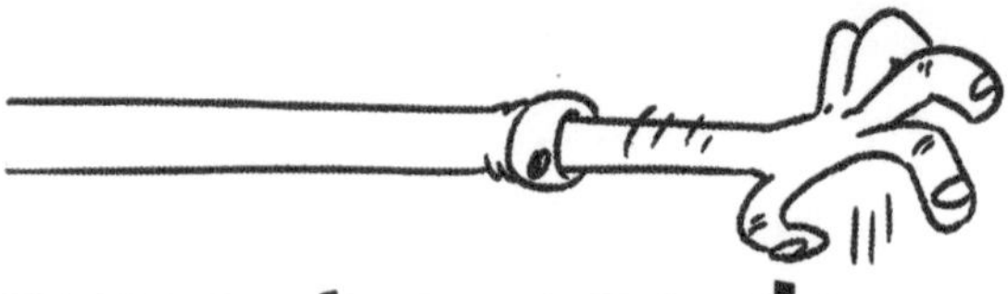

Comment emmerder le monde

Le soir de la fête de la musique, tout est permis ! Au milieu du public, chantez fort, faux et à contretemps ou bien improvisez les paroles d'une chanson devant la prestation d'une formation de musiciens classiques.

—

Alors que vous attendez votre tour à la fromagerie, poussez un cri d'effroi et dites avoir vu un rat passer derrière la tomme d'Emmental…

—

On ne peut pas se nourrir que de sucre, l'apport en sel est tout aussi important. Émiettez des chips dans les paquets de céréales de ceux qui en prennent au petit déjeuner !

—

Dites à quelqu'un que vous avez un truc imparable pour vous sortir une chanson de la tête. Il vous suffit de vous sentir libérééééé, délivréééééé !

—

Dans les transports en commun, choisissez une personne au hasard et, avec un petit sourire en coin, fixez-la droit dans les yeux, durant tout votre trajet.

———

Comment occuper utilement son temps dans les transports en commun ? En se coupant les ongles de pieds, par exemple…

———

Quand vous ne trouvez pas de poteau libre pour y attacher votre deux-roues, passez votre antivol dans le cadre d'un autre vélo ou à la roue d'une moto.

———

À un mariage ou un baptême, lorsque la pièce montée arrive, déclenchez une bataille de choux à la crème !

———

Dans les magasins qui diffusent de la musique, demandez que l'on change de radio ou bien à couper le son.

———

Drôles de couples

Un jeune homme un peu benêt se marie. Le soir de sa nuit de noces, son père lui demande :
– Est-ce que tu sais ce que tu dois faire avec ta femme, cette nuit ?
– Non, papa…
– Tu dois lui faire l'amour. Tu sais comment on fait ?
– Non, papa…
– Eh bien… Tu prends ton jouet préféré en main, celui avec lequel tu aimes bien t'amuser des fois tout seul dans ton lit…
– Oui, papa. Pas la peine de me faire un dessin, je comprends…
– Ensuite, tu le mets dans le trou de ta femme. Tu sais, en dessous de celui où elle fait pipi ?
– Ah oui ! D'accord papa…
Le lendemain de la nuit de noces, le beau-père demande à sa belle-fille :
– Alors, votre nuit de noces ! Ça s'est bien passé ?
– Euh… Oui. Enfin non, pas trop.

– Ah bon ?
– Ben… Je ne comprends pas. Votre fils a pris son Playmobil, il l'a jeté dans les toilettes et après il s'est couché pour dormir !

Une femme quitte son mari. Elle demande à sa bonne de lui préparer une valise et au chauffeur de tenir la voiture prête. Cinq minutes plus tard, elle monte dans le véhicule, mais, juste avant qu'il ne démarre, elle est prise de regrets… Elle descend de la voiture, rentre chez elle et demande à la bonne :
– Sortez une bouteille de champagne ! J'ai décidé de rester, nous allons fêter notre réconciliation !
Et la bonne lui répond :
– Je crains que cela ne soit trop pour Monsieur, il a déjà bu deux bouteilles pour célébrer votre départ…

Deux femmes parlent de leurs maris respectifs :
– Moi, dit la première, j'aime mon mari pour ses beaux yeux et son sourire charmeur.
– Moi, dit la seconde, c'est uniquement pour sa richesse intérieure.
– Il a une belle âme ?
– Non, l'intérieur d'un coffre-fort plein à craquer !

Perles de coiffeurs

Ne pas oublier de faire un trou pour les yeux et la bouche…

– Pffff… Il pleut… Vous n'auriez pas un sac plastique ?
– Je ne sais pas, faut que je regarde… Pour quoi faire ?
– Pour mettre la tête dedans lorsque je vais sortir.

D'une logique implacable :

– Vous perdez vos cheveux…
– Et vous un client…

—

Le client est roi…

– Je viens juste pour me faire couper les cheveux des oreilles et du nez.
– Ah… Inutile de passer au shampoing alors !

… et certains n'acceptent aucune remarque !

– Vous avez le cheveu rêche.
– Et vous mauvaise haleine.

—

Cette coiffeuse, peut-être fan de Mireille Mathieu, ne manque pas d'humour!

– Comment vous trouvez-vous?

– Ben... Je ressemble un peu à un Playmobil! Non?

– Pas du tout! Regardez, vous pouvez plier les coudes et les genoux!

La future nouvelle tendance?

– J'aime bien les coupes qui sont coupées-découpées.

– Vous voulez dire coiffé-décoiffé?

Lorsque deux passionnés de* Star Wars *se rencontrent...

– Ça vous change! Sans la barbe et avec les cheveux courts, vous faites moins...

– Chewbacca?

– Je n'osais pas le dire!

On pourrait croire que les coiffeurs ne s'occupent que de têtes de stars!

– Vous pouvez me raser les cheveux?

– Comme Bruce Willis?

– Voilà. Et, dans 30 ans, vous pourrez dire comme maître Yoda!

Trop blondes

Pourquoi les blondes répondent-elles rarement au téléphone ?
Parce qu'elles dansent sur leur sonnerie…

Une blonde déclare à une amie :
– Heureusement que je ne suis pas née en Allemagne !
– Ah bon ? Et pourquoi ?
– Bah, parce que je ne sais pas parler allemand !

Pourquoi les blondes ramassent-elles de la neige pour faire des bonshommes de neige à l'intérieur de chez elle ?
Pour qu'ils n'attrapent pas froid…

– Tu viens prendre une pause clope avec nous ? demande un type à sa collègue blonde.
– Non, j'arrête la cigarette alors je vais te sucer.

– Pardon ?
– Mon docteur a dit d'arrêter progressivement avec une petite pipe de temps en temps…

Quel point commun y a-t-il entre les blondes et la banquise ?
Elles sont complètement givrées !

Qu'est-ce qu'une blonde qui tient sa tête en l'air comme si elle regardait le ciel ?
Une blonde qui a une idée derrière la tête !

Un mendiant borgne frappe à la porte d'une blonde qui lui ouvre…
– S'il vous plaît Madame, dit-il en tendant la main, j'ai perdu un œil…
– Suis désolée, il n'est pas ici.

Une blonde retrouve une copine qu'elle n'avait pas revue depuis l'école primaire :
– J'ai été mariée trois fois ! lui dit-elle.
– Des enfants ?
– Non, que des adultes.

Blagues à Toto

Toto semble déprimé…
– Quelque chose ne va pas ? lui demande son copain Rémy.
– Oui, tout le monde me traite de menteur !
– Allez arrête, c'est même pas vrai !

La maîtresse rend l'interrogation écrite de la veille à ses élèves. Il ne lui reste plus que deux copies à distribuer et seuls Toto et son voisin Rémy n'ont pas encore eu la leur.
– Toto, dit la maîtresse, tu n'as pas triché ?
– Oh non, maîtresse !
– Tu n'as pas copié mot pour mot ce qu'a écrit ton voisin Rémy ?
– Ah non, maîtresse !
– Alors pourquoi ai-je deux copies au nom de Rémy et aucune à ton nom ?

Toto à sa maman :
– C'est demain l'anniversaire de mamie ?
– Oui ! Et je lui prépare un gâteau avec plein de bougies ! Et sais-tu pourquoi il y aura beaucoup de bougies sur son gâteau ?
– Oui, parce que plus on est vieux, moins on voit !

À la demande de la maîtresse, les élèves dessinent. L'enseignante passe de table en table pour regarder ce que fait chacun d'eux et s'arrête à côté de Toto…
– Mais Toto, il est très moche ton dessin !
– Oui ! confirme-t-il, mais contrairement à votre tête, je peux le gommer !

Toto et sa grand-mère se promènent dans la rue. Soudain, la mamie trébuche et tombe. Elle peine à se relever et le fait remarquer à Toto :
– Mais enfin, Toto ! Tu pourrais peut-être m'aider à me redresser, non ?
– Non, répond sèchement Toto. Papa me dit toujours qu'il ne faut pas ramasser ce qui traîne par terre !

Les répliques de ciné

« Moi, pour mes 40 ans, on avait organisé une fête, mais elle a mal tourné aussi… Faut dire que ma femme avait pas le moral parce que son Jules du moment l'avait larguée. Elle était tellement mal, la pauvre, qu'elle en a même oublié d'acheter le gâteau ! Alors, comme j'avais pas de bougies sur lesquelles souffler, j'suis sorti et j'ai éteint 40 bistrots. »
La Totale ! (1991) de Claude Zidi avec Eddy Mitchell, Thierry Lhermitte, Miou-Miou

---

« C'est le sort des familles désunies de se rencontrer uniquement aux enterrements. »
Les Barbouzes (1964) de Georges Lautner avec Lino Ventura, Bernard Blier, Francis Blanche

---

« Avec toi, on prend toujours des allers simples et des retours compliqués. »
Le Baron de l'écluse (1960) de Jean Delannoy avec Jean Gabin, Micheline Presle, Jean Desailly

---

– J'ai deux nouvelles pour toi.
– Commence par la bonne.
– Non, non, c'est deux mauvaises !
Brice de Nice (2005) de James Huth avec Jean Dujardin, Bruno Salomone, Clovis Cornillac

---

« Je serre les dents mais comme j'ai des caries, ça fait un mal de chien. »
Les Bronzés (1978) de Patrice Leconte avec Michel Blanc, Marie-Anne Chazel, Christian Clavier, Thierry Lhermitte, Gérard Jugnot, Josiane Balasko

---

« Assassiner un étranger a toujours un petit côté ennuyeux. Tandis que l'étripage en famille, c'est régulier, c'est traditionnel, c'est bourgeois. Et puis, ça a tout de même plus d'allure ! Tuer un étranger, on pense à *France-Soir*. Un parent, on pense à Sophocle. »
Carambolages (1963) de Marcel Buwal avec Jean-Claude Brialy, Louis de Funès, Michel Serrault

---

Humour noir

Un petit garçon à sa mère :
– Maman ! Maman ! Pourquoi on pousse la voiture dans le ravin ?
– Chuuuut ! Tais-toi, tu vas réveiller ton père !

Une petite fille à sa mère :
– Maman ! Pourquoi mamie elle fait des bulles ?
– Referme immédiatement le lave-linge !

Quel est le signe d'un très grand froid ?
Lorsque, dans le métro parisien, les petites Roumaines ont les mains dans leurs propres poches !

Pourquoi les bas de pantalons de Ray Charles étaient-ils jaunes ?
Parce que son chien aussi était aveugle…

Une femme annonce à une amie :
– Mon fils a abîmé mon iPhone. Du coup, si tu le veux, je te le donne !
– Ah bon ? Pourquoi pas… Il est comment ?
– Il n'a que 3 ans, les cheveux bruns et les yeux marron…

Un enfant se met à pleurer dans son lit :
– Quoi encore ! fait sa mère en entrant soudainement dans sa chambre.
– S'il te plaît, laisse-moi la lumière…
– Tu veux vraiment que le loup et la sorcière te trouvent plus facilement ?

Une maman vegan demande à sa fille :
– Chérie, tu veux dîner quoi ce soir ?
– De la viande ou du poisson, s'il te plaît maman.
– D'accord. Tu préfères un rôti de licorne ou une queue de petite sirène ?

– Maman, pourquoi mes copains disent que j'ai une grosse tête ?
– Ils racontent des bêtises ! Peux-tu aller m'acheter 10 kg de pommes de terre, s'il te plaît ? Tu n'auras qu'à les mettre dans ta casquette…

Les hommes les femmes

Pourquoi une femme ne doit-elle jamais s'amuser à parler avec l'écho ?
Parce qu'elle voudra toujours avoir le dernier mot…

Quelle différence y a-t-il entre un homme et un perroquet ?
On peut faire dire des choses gentilles à un perroquet.

Pourquoi les femmes regardent-elles toujours les films pornos en entier ?
Parce qu'elles croient qu'à la fin ils vont se marier.

Qu'est-ce qu'un homme ligoté ?
C'est un homme digne de confiance.

Une quinzaine de marteaux-piqueurs se rendent au stade pour faire une partie de foot. Une machine à laver les rattrape et les interpelle :
– Eh, les gars ! Je peux venir jouer au foot avec vous ?
Les marteaux-piqueurs se regardent et éclatent de rire. L'un d'eux répond à la machine à laver :
– Ah ! Ah ! Ah ! Tu as déjà vu une machine à laver jouer au foot ?

À quoi l'homme est-il toujours fidèle ?
À son amour-propre.

Quel est le plus gros défaut d'une femme mariée ?
Son mari !

Quelle différence y a-t-il entre un homme et un chameau ?
Un chameau peut travailler 10 jours sans boire, un homme peut boire 10 jours sans travailler…

Perles des assurances

«Mon GPS n'a pas vu la voiture arriver.»

«C'est mon GPS qui a grillé la priorité et je vais porter plainte!»

«Je rechargeais la batterie de mon véhicule et me suis pris une décharge électrique. Je suis un excellent conducteur et...»

«Mon témoin qui est fonctionnaire est bien plus digne de confiance que celui de la partie adverse qui est un étudiant.»

«Ma voiture a été convoquée par l'expert.»

« Je vous ai envoyé des e-mails mais ils sont tous revenus. Impossible de vous joindre par téléphone alors je vous écris et, s'il vous plaît, répondez-moi pour me dire si vous avez reçu mon courrier ou pas… »

« Mon témoin ne parle pas un mot de français et ne sait sûrement pas l'écrire non plus. Que faire ? »

« Mon assurance couvre-t-elle les frais médicaux pour mon chien comme s'il était une personne ? »

« Ma femme s'est pris le cul du camion qui lui a endommagé le visage. »

« Si les cotisations continuent d'augmenter, il n'y aura bientôt plus assez de place sur les chèques pour inscrire la somme en entier ! »

« Ce type d'accident est très exceptionnel, mais, comble de malchance, c'est la troisième fois que cela m'arrive… »

Trop blondes

Une brune à sa collègue blonde :
– Il paraît que les collègues t'ont proposé une levrette et que tu es d'accord ?
– Bien sûr, j'adore les animaux !

Un homme demande à sa secrétaire blonde :
– Si je vous disais que j'aimerais vous prendre sur le bureau… Est-ce que vous protesteriez ?
– Oh ! s'exclame la blonde. Mais je n'ai jamais…
– Pardonnez-moi. Vous n'avez jamais fait l'amour ? s'étonne le directeur.
– Non, je n'ai jamais protesté !

Deux blondes reviennent d'une randonnée en montagne. En traversant un petit village, elles remarquent une fontaine d'où coule une eau fraîche et limpide.

Alors qu'elles s'apprêtent à s'y désaltérer, l'une d'elles se met à crier :
– Stop ! Surtout ne bois pas ! Regarde l'inscription sur la fontaine : « 1875 ». L'eau est périmée !

Une blonde se rend dans une animalerie et contemple, dans une volière, deux magnifiques oiseaux posés dans une volière.
– Vous souhaitez acheter un oiseau ? lui demande un vendeur.
– Oui, mais j'hésite entre le rouge et le vert…
– Personnellement, je trouve le vert très beau.
– Oui mais… je crois que je vais prendre celui qui est déjà mûr : le rouge !

Dans une boîte, une blonde drague le barman pendant toute la soirée. Ne parvenant pas à s'en débarrasser, le barman finit par lui dire afin que la fille le lâche :
– Mademoiselle, je suis désolé, mais… je n'ai pas de pénis !
– Bah… C'est pas grave, je vais prendre une vodka !

Idées à la con pour redresser la France

Réforme des institutions

Organiser chaque année, au mois d'août, un mercato des ministres et autoriser l'achat, par le gouvernement français, de responsables étrangers. Par exemple, Kim Jong-un à la défense des droits de l'homme et du citoyen, Poutine aux affaires sociales.

Économie

Pour relancer le petit commerce, remplacer le 14 juillet qui n'engendre que très peu de retombées économiques par un second Noël. Bien entendu, la tradition du feu d'artifice serait supprimée, le risque de déclencher des incendies avec les sapins étant trop élevé.

Sécurité routière

Rendre obligatoire le port du gilet jaune dans tous les véhicules, y compris pour les passagers, ainsi que celui d'un gilet rouge pour tous les piétons.

Démographie
Instaurer une autorisation obligatoire de grossesse et de décès, pour une meilleure gestion de la démographie et donc du financement des retraites.

Réforme du Code pénal
Punir d'une peine d'emprisonnement les délits suivants :
Mettre du sirop de menthe dans la préparation des mojitos.
Servir une bière pas fraîche.
Mettre de l'eau dans son vin.
Servir un vermouth avec des glaçons.

Réforme de la constitution
Permettre aux lois d'être soumises à l'approbation des citoyens par un simple post sur le compte Facebook du Gouvernement et d'être adoptée dès lors qu'elle recueillerait plus de 1 million de *likes*.

Blagues à Toto

La maîtresse interroge sa classe :
– Combien font 3 x 7 ?
– 21, répond Rémy.
– Poil aux mains ! lance Toto.
La maîtresse poursuit comme si de rien n'était.
– Combien font 3 x 8 ?
– 24, répond Charlotte.
– Poil aux pattes ! dit Toto.
La maîtresse continue…
– Combien font 3 x 12 ?
– 36 ! dit Arthur.
– Poil aux cuisses ! dit Toto.
La maîtresse reprend son interrogation :
– Combien font 3 x 23 ?
– 69 ! répond Martin.
Et Toto :
– Heu… Poil aux dents !

La maîtresse interroge Toto :
– Imagine que ta maman a préparé un beau gâteau au chocolat. Il y a ta maman, ton papa, ton petit frère et

toi pour le manger. En combien de parts faut-il qu'elle le coupe ?
– En quatre !
– Très bien, Toto.
– Maintenant, imagine qu'un couple d'amis et ses deux enfants sonnent à la porte. Combien ta maman devra-t-elle couper de parts supplémentaires ?
– Aucune ! Je cours cacher le gâteau dans mon placard !

La maîtresse exerce ses élèves au calcul mental...
– Toto, si tu as 12 bonbons et que tu dois partager avec ton petit frère, combien devras-tu lui en donner ?
– 4 !
– 4 ? Mais tu ne sais toujours pas compter, Toto ?
– Je sais compter mais... pas mon petit frère !

La maîtresse demande à sa classe :
– Pourquoi l'école est-elle obligatoire ?
– C'est à cause de Charlemagne ! s'écrie Toto.
– Hum... Ce n'est pas vraiment ça... Mais pourquoi dit-on que Charlemagne aurait inventé l'école ?
– Parce qu'il était trop vieux pour y aller ! répond Toto

Contrepèteries

Ce jeune séminariste s'imagine déjà en curé avec une calotte.
Ce jeune séminariste s'imagine déjà enculé avec une carotte.

Ces baisses sont tout à fait faisables.
Ces fesses sont tout à fait baisables.

Il n'habite que des gîtes.
Il n'agite que des bites.

Il montre sa bête à la miss.
Il montre sa bite à la messe.

J'aime, au sortir du camp, une longue pêche sous-marine.
J'aime, au sortir du con, une langue rêche sous ma pine.

Préférez-vous que je vous envoie dans la culture ?
Préférez-vous que je vous encule dans la voiture ?

Cette lutte me dépasse…
Cette pute me délasse…

La pédicure me mouille toujours les cors.
La pédicure me mord toujours les couilles.

Donne-moi le quart de tes douilles.
Donne-moi le dard de tes couilles.

As-tu vu deux carrioles sans mulets ?
As-tu vu ces deux mariolles s'enculer ?

Les plus courtes sont les meilleures

Quelle différence y a-t-il entre Windows et un virus informatique ?
Le virus, il fonctionne !

Quel est le comble de la paresse ?
C'est de se lever à 5 heures du matin pour avoir plus de temps à ne rien faire !

Lors d'une soirée mondaine, la maîtresse de maison remarque que l'un de ses convives regarde sans cesse sa montre. Très à cheval sur les principes, elle lui en fait la remarque :
– Monsieur, regarder sa montre avec autant d'insistance serait-il la marque d'un certain manque d'éducation ?
Et l'homme lui répond :
– Non, Madame. Si je regarde tout le temps ma montre ce n'est pas parce que je suis mal élevé, c'est parce que je m'emmerde !

5-9-1 sont les chiffres de l'amour : cinq minutes de plaisir, neuf mois d'attente, un de plus à table !

Un enfant interroge sa maman :
– C'est vrai que l'on descend tous du singe ? C'est la maîtresse qui l'a dit…
– Je n'en sais rien, ton père a toujours refusé de me parler de sa famille !

Un homme dit à une femme :
– Implants mammaires ?
– Absolument pas.
– Rhinoplastie ?
– Non plus.
– Botox ?
– Liposuccion ?
– Mais enfin, non ! Je suis entièrement naturelle !
– Ce ne sont pas des questions, ce sont des conseils…

Atroces et bien dégueus

Une jeune maman se rend chez le boucher.

– Je voudrais 250 g de steak haché, s'il vous plaît !

Le boucher hache la viande, la pèse et… 250 g, tout rond !

– Voyez-vous ça ! 250 g, tout juste ! Avec ça, Madame ?

– Bravo pour la précision ! Je voudrais 350 g de chair à saucisse.

Le boucher met de la chair à saucisse sur sa balance et… 350 g, tout rond !

– Eh bien ! s'exclame la femme.

– C'est que je suis un professionnel, moi ! Je peux donner le poids de n'importe quoi !

– Et vous pourriez me dire combien pèse mon bébé ?

– Bien entendu, donnez-le-moi !

La femme extrait le nourrisson de la poussette et le tend au boucher. Ce dernier le soupèse et annonce :

– 3 kg et 853 grammes !

– Je sors de chez le pédiatre qui vient de le peser, il fait 3 kg 860… Désolée !

– Ah mais non ! Ce petit fait 3 kg 853 !

Le boucher transmet alors le bébé à son apprenti et lui demande :

– Va peser ce petiot sur la grande balance !
L'apprenti s'éclipse puis, ne le voyant pas revenir, le boucher l'appelle :
– Alors, il pèse combien ?
– 2 kg 100, pas plus…
– Hein ! ? font en même temps la mère et le boucher. Comment ça ! ?
– Oui, répond l'apprenti. 2 kg 100, vidé et désossé !

———

Deux anciennes amies se retrouvent par hasard et prennent des nouvelles l'une de l'autre :
– Tu as eu des enfants ? demande la première.
– Oui, mais… Il n'est plus de ce monde.
– Oh, mon Dieu ! je suis navrée d'apprendre ça. Ce doit être terrible. Comment peut-on supporter cette absence ?
– Eh bien, quand il me manque, je regarde la vidéo de mon avortement…

———

Un petit demande à sa maman :
– Je peux aller chercher mon petit frère pour jouer avec ?
– Oui, mais pense à refermer la porte du congélateur !

———

Mots d'esprit

« Le baisemain, c'est un bon début. Ça permet de renifler la viande. »

Olivier de Kersauson

« Dans les débuts d'une aventure, la bouffe prépare la baise ; sur la fin, elle la remplace. »

Frédéric Dard

« Il est plus facile de trouver un portefeuille sans ministre qu'un ministre sans portefeuille. »

Pierre Dac

« L'amour, c'est comme les cartes : si tu n'as pas de partenaire, il te faut une bonne main. »

Pierre Desproges

«Certains hommes n'ont que ce qu'ils méritent ; les autres sont célibataires.»

Sacha Guitry

«En avalant les méchantes paroles qu'on ne profère pas, on ne s'est jamais abîmé l'estomac.»

Winston Churchill

«Qu'y a-t-il de pire qu'une femme ? Deux femmes.»

Jean Cocteau

«Dieu n'existe pas. S'il existait, depuis le temps que je dis des horreurs, il m'aurait déjà foudroyé. Ou Dieu est un mythe, ou il est sourd, ou c'est du mépris.»

Francis Blanche

«Pour voir qu'il fait noir, on n'a pas besoin d'être une lumière.»

Philippe Geluck

Dieu & Co.

Que font les rabbins aux sports d'hiver ?
Des chalom géants !

Un juif à un autre juif :
– Cette nuit, j'ai rêvé que tu me donnais 1 000 euros !
– Allez, c'est mon jour de bonté, tu peux les garder !

Qu'est-ce qui est noir et blanc et qui vole ?
Une bonne sœur en train de péter.

Pendant une leçon de catéchisme, le curé demande à un enfant :
– Qui sait tout, voit tout et entend tout ?
– Notre concierge ! lui répond-il.

Pourquoi ne faut-il jamais pointer du doigt?
Parce que Dieu est partout et qu'on pourrait le lui mettre dans le cul!

Une femme arrive au paradis et demande aussitôt à saint Pierre:
– Vais-je revoir mon mari?
– Comment s'appelle votre mari?
– Roger.
– Des Roger, il y en a des milliers! Comment pourrais-je le reconnaître?
– Je sais! s'exclame alors la femme. Avant de mourir, il m'a dit que si je le trompais un jour, il se retournerait dans sa tombe.
Saint Pierre s'empare alors de son hygiaphone et annonce:
– On demande Roger dit «la toupie» à l'entrée! Roger «la toupie» est attendu à l'entrée!

Alors que Jésus marche sur l'eau, saint Pierre nage à ses côtés et lui dit:
– T'es con, elle est superbonne!

La ronde des métiers

Gendarme

Un gendarme immobilise une automobiliste sur le bas-côté.

– Gendarmerie ! Vous saviez à quelle allure vous rouliez, Madame !

– Désolée, je suis en retard pour aller travailler…

– Ce n’est pas une excuse ! Quel est votre métier ?

– Je suis étireuse de rectum, Monsieur le gendarme.

– C’est quoi ça ?

– Eh bien… Je mets un doigt dans un trou du cul, puis deux, puis trois, puis la main. Ensuite je mets un doigt de mon autre main dans le trou du cul, puis deux, puis trois, puis mon autre main. Et ensuite j’étire le trou du cul jusqu’à ce qu’il mesure environ 1,80 m.

– Mais pour quoi faire ?

– Après on le dépose sur le bord de la route avec des jumelles pour contrôler la vitesse des automobilistes…

Sauveteur

Un immeuble de Bruxelles vient de s’effondrer. Dans les décombres, les sauveteurs tentent désespérément

de retrouver des survivants. Soudain, l'un d'eux semble percevoir une voix… Il demande le silence complet autour de lui, puis appelle :
– Il y a quelqu'un !
– Oui…, fait une petite voix sous l'amas de gravats.
Le sauveteur se faufile sous un bloc de béton et demande :
– Où êtes-vous ?
– Sixième étage, porte de droite !

Taxi
Un couple d'Écossais et leurs enfants sortent de l'aéroport et demandent à un taxi clandestin :
– Combien prendriez-vous pour nous amener à l'hôtel ?
– Dix euros pour vous et 10 de plus pour Madame. C'est gratuit pour les enfants et les bagages.
– OK ! dit l'Écossais. Prenez les bagages et les enfants, nous, on prend le bus !

Militaire
Un soldat pète les plombs et se met à crier devant son sergent :
– L'armée, c'est comme les poils, j'en ai plein le cul !
Et le sergent lui répond :
– Et tes permissions, c'est comme mes couilles, elles sont suspendues !

Monsieur et Madame...

Monsieur et Madame **Tergeist** ont un fils.
Comment l'appellent-ils ?
Paul (Poltergeist)

Monsieur et Madame **Tétariairesoir** ont une fille.
Comment l'appellent-ils ?
Thérèse (T'es resté tard, hier soir ?)

Monsieur et Madame **Suffi** ont deux filles et un fils.
Comment les appellent-ils ?
Juste, Sabine, Sam (Juste sa pine, ça me suffit)

Monsieur et Madame **Remor** ont un fils.
Comment l'appellent-ils ?
Yves (Ivre mort)

Monsieur et Madame **Hipournicontre** ont une fille.
Comment l'appellent-ils ?
Hélène (Elle est ni pour ni contre)

Monsieur et Madame **Desource** ont une fille.
Comment l'appellent-ils ?
Aude (Eau de source)

Monsieur et Madame **Toussekegemange** ont une fille.
Comment l'appellent-ils ?
Georgette (Je rejette tout ce que je mange)

Monsieur et Madame **Ola** ont un fils.
Comment l'appellent-ils ?
Bob (Bobo là)

Monsieur et Madame **Cligne** ont une fille.
Comment l'appellent-ils ?
Cécile (Ses cils clignent)

Devinettes

Quel point commun y a-t-il entre un prisonnier et un abonné à Tweeter?
Ils sont condamnés à perpétweeter…

Quel point commun y a-t-il entre l'assurance maladie et une minijupe?
Elles couvrent le minimum vital.

Pourquoi un banquier n'épousera-t-il jamais sa maîtresse?
Parce qu'on n'échange pas un bon de jouissance contre une obligation.

Quel est le comble pour un insulaire?
C'est d'être incontinent.

Entre un homme qui a eu quatre filles et celui qui a quatre millions d'euros, lequel est le plus satisfait ?
Celui qui a eu quatre filles. Celui qui a quatre millions d'euros en veut encore plus !

Qu'est-ce qu'un bon professeur ?
C'est celui qui n'est ni malade ni en grève.

Qu'est-ce qui est tout noir, qui pue et qui est étendu dans le fossé ?
Une blonde qui racontait des histoires sur les brunes.

Qu'est-ce qui a beaucoup de dents et qui cache un monstre ?
Ma braguette !

Pourquoi les brunes sont-elles si fières de leurs cheveux ?
Parce qu'ils sont assortis à leur moustache.

Les répliques de ciné

– De quelle nationalité êtes-vous Monsieur Blaine ?
– Je suis alcoolique.
– Ce qui en fait un citoyen du monde entier.
Casablanca (1942) de Michael Curtiz avec Humphrey Bogart, Ingrid Bergman, Paul Henreid

———

« J'suis crevée, j'vais mettre la viande dans le torchon… »
La vie est un long fleuve tranquille (1987) d'Étienne Chatiliez avec Hélène Vincent, André Wilms, Patrick Bouchitey, Benoît Magimel, Catherine Jacob

———

« Je pratique les arts martiaux : judo, aïkido, karaté. La première chose qu'on nous apprend, c'est le contrôle. Un type me traite d'abruti, je ne cogne pas. Je le regarde et je m'en vais. »
La Chèvre (1981) de Francis Veber avec Pierre Richard, Gérard Depardieu

———

« J'ai vu toute ma vie défiler devant mes yeux. C'était ennuyeux ! »
Chicken Run (2000) de Nick Park avec Gérard Depardieu (voix), Valérie Lemercier (voix)

– Combien avez-vous eu de maris ?
– Les miens ou ceux des autres ?
Cluedo (1985) de Jonathan Lynn avec Eileen Brennan, Tim Curry, Madeline Kahn

---

« C'est pas inhumain d'entendre ça ! Mais qu'est-ce que tu veux que je fasse avec 500 briques, hein ! Surtout d'nos jours… Le smic est en plein chancelique, la TVA nous suce le sang, la Bourse se fait la malle… J'ai calculé, j'en aurais à peine pour cinq piges… J'aurai 50 berges… Tu voudrais tout d'même pas que j'retourne au charbon à cet âge-là, non ? Tu serais pas vache avec les vieux, des fois ? »
Faut pas prendre les enfants du Bon Dieu pour des canards sauvages (1968) de Michel Audiard avec Françoise Rosay, Bernard Blier, Marlène Jobert

---

Drôles de couples

Un homme demande à sa femme qui est en train de cuisiner :

– Qu'est-ce que tu prépares pour ce soir ?

– Comme je sais que tu as horreur du boudin aux pommes, j'ai décidé de te faire un canard à l'orange !

– Hum ! J'en salive déjà !

– Comme je n'avais pas d'oranges, je les ai remplacées par des pommes.

– Ah, d'accord.

– Et pour que les pommes se marient bien avec le canard, j'ai remplacé le canard par du boudin.

Un couple fête ses 50 ans de mariage et décide de se faire des confidences :

– Est-ce que tu m'as déjà trompé ? lui demande son mari.

– Eh bien… Est-ce que tu te souviens, lorsque nous voulions acheter la maison, et que le banquier nous avait refusé le prêt ?

– Oui. Et deux jours plus tard, il avait changé d'avis !

– J'y suis pour quelque chose…

– Oh ! C'était peut-être pour la bonne cause mais quand même ! Est-ce que tu m'as trompé une autre fois ?
– Eh bien... Tu te souviens du jour où tu avais été licencié ?
– Oui, parfaitement. Et deux jours plus tard, mon patron avait lui aussi changé d'avis !
– Eh oui...

– Écoute, je sais qu'à chaque fois c'était pour la bonne cause alors même si cela me fait beaucoup de peine, je veux bien te pardonner. Y a-t-il une autre fois où tu m'aurais trompé ?
– Est-ce que tu te souviens de la fois où tu t'étais inscrit sur les listes électorales et que tu as été élu maire ?
– Oui, pourquoi ?
– Eh bien... Il te manquait 1 324 voix.

Deux gars discutent dans un bar...
– Ce matin, ma femme m'a dit : « Plus de sexe jusqu'à ce que tu arrêtes de fumer ! »
– Merde... Tu vas arrêter de fumer ?
– Non.
– Mais... tu vas pouvoir tenir ?
– Oui, la cigarette ne gêne pas ma maîtresse !

Les questions connes

Deux chauves peuvent-ils être de mèche ?

Si j'en crois mes oreilles, plus on a l'esprit fermé… Plus on ouvre sa gueule ?

Si le bruit et l'odeur de la viande qui cuit sur un barbecue font saliver… Est-ce ça fait le même effet aux végétariens quand on tond la pelouse ?

Quand tu es embauché dans une entreprise de pompes funèbres… Y a-t-il une période décès ?

Quand on n'a pas de charme… On n'a pas de bouleau non plus ?

Si les gens bons existent… Les sales amis aussi ?

Ceux qui veulent impérativement être amoureux à la Saint-Valentin… Veulent-ils aussi être morts à la Toussaint ?

Puisque Gibraltar est un détroit… Quels sont les deux autres ?

Est-ce qu'un végétarien peut avoir une faim de loup ?

Celui qui naît sous le signe du Cancer… Est-ce mauvais signe ?

Aux réunions des amnésiques anonymes… Certains pensent-ils à s'y rendre ?

Trop blondes

Avant de commencer une partie de tennis, deux blondes décident de tirer au sort celle qui commencera à servir :
– Donne-moi une couleur entre 0 et 10 !
– Mercredi !
– Non, c'est en Italie.

Une brune annonce à une blonde qu'elle est enceinte :
– J'attends des triplés ! lui confie-t-elle.
– Waouh ! Des triplés ?
– Oui. Ça arrive une fois sur 200 000 !
– Oh là là ! Et comment trouves-tu le temps de travailler ?

Comment occuper une blonde toute la journée ?
En lui demandant de trouver un angle droit sur un ballon de foot.

Une brune regarde par la fenêtre puis dit à sa copine blonde :
– La nuit est tombée…
– J'espère qu'elle ne s'est pas fait mal !

Pourquoi les blondes plantent-elles les clous avec leur tête ?
Parce qu'elles sont marteau !

Un couple dont la femme est blonde se rend au cinéma avec leur bébé. La personne qui contrôle leurs billets les prévient :
– Je veux bien faire une exception, mais je vous préviens : si votre enfant se met à pleurer, je vous fais sortir de la salle !
La projection commence et, au bout d'une demi-heure, le mari dit à sa blonde :
– Il est nul ce film, non ?
– Oui, tu as raison, secouons le bébé !

Quelles différences y a-t-il entre une ampoule et une blonde ?
L'ampoule est une lumière, mais une blonde est plus facile à brancher.

Blagues coquines

En vacances aux sports d'hiver, un couple quitte la piste de ski pour s'isoler derrière un sapin et faire l'amour. Au bout de quelques instants, la femme se met à hurler :
– Oh, c'est exquis ! Oh, c'est exquis !
Énervé, l'homme s'arrête et lui dit :
– Mais non, ce ne sont pas mes skis !

Une jeune fille passe à la caisse d'un supermarché et tend un billet de 50 euros à la caissière. Cette dernière le passe au détecteur de faux billets et annonce à la cliente :
– Je suis désolée, il s'agit d'un faux billet…
Et la jeune fille s'exclame :
– Mais alors, c'était un viol !

Quel point commun y a-t-il entre une nymphomane et des rideaux ?
C'est quand on a fini de les tirer qu'on voit le jour !

Un touriste français au Portugal se rend dans un vieux magasin de vidéos HS et de DVD :
– Bonjour Monsieur, est-ce que vous auriez des films pornos ?
– Mais oui ! On a des films *por nos, por vos, por* tout le monde !

Quelle différence y a-t-il entre aimer, beaucoup aimer et haïr ?
Recracher, avaler et mordre !

Quel point commun y a-t-il entre une chaussette et une vierge ?
Une fois qu'elle est trouée, on la jette !

Un spermatozoïde dit à un autre :
– Qu'est-ce qu'on est mal assis, ici !
– C'est normal, on est sur une molaire !

Les répliques de ciné

« Mais vous n'avez aucun droit… D'ailleurs, nous n'avons pas étudié le cheval dans les mêmes écoles. Vous étiez à Vaugirard quand j'étais à Saumur et j'apprenais le pas espagnol pendant que vous débitiez du saucisson sur votre étal. »
Le Gentleman d'Epsom (1962) de Gilles Grangier avec Jean Gabin, Madeleine Robinson, Louis de Funès

---

« Vous m'avez déjà fait curer les ongles, inspecter les oreilles et si je vous avais laissé faire, vous seriez même devenu familier. »
Le Guignolo (1980) de Georges Lautner avec Jean-Paul Belmondo, Michel Galabru, Charles Gérard

---

« Dis-moi, viens voir… Si tu as le moindre pépin, j'suis médecin. M'enfin essaye de pas me déranger pour

des bricoles quand même, hein… J'suis en vacances ! Merci. »
Les Bronzés (1978) de Patrice Leconte avec Michel Blanc, Marie-Anne Chazel, Christian Clavier, Thierry Lhermitte, Gérard Jugnot, Josiane Balasko

---

« Aaah ! Messire ! Un Sarrasin ! Messire, un Sarrasin dans une chariote du diable ! C'est tout ferré, y a point de bœuf pour tirer ! »
Les Visiteurs (1993) de Jean-Marie Poiré avec Jean Reno, Christian Clavier, Valérie Lemercier, Marie-Anne Chazel, Isabelle Nanty

---

« Un homme riche, c'est comme une fille jolie. On n'épouse pas une fille rien que pour sa beauté, mais ça aide… »
Les hommes préfèrent les blondes (1953) de Howard Hawks avec Jane Russell, Marilyn Monroe, Charles Coburn

---

Blagues à papa

Comment dit-on « homosexuel » en breton ?
Ille-et-Vilaine.

Quel est le gâteau le plus dur ?
La bûche de Noël !

Vous voulez que je vous raconte une histoire de cul ?
Prout !

Qu'est-ce qu'un policier sur un tracteur ?
Un poulet fermier.

Vous connaissez la blague de l'épée ?
Non ? En même temps, elle est longue et plate…

Comment dit-on «je ne suis toujours pas enceinte» en japonais?
Takékétaraté Takaratake

Comment s'appelle le frère d'Albert Einstein?
Franck...

Qu'est-ce qu'une patate qui a la diarrhée?
De la purée!

Pourquoi les fanfares jouent-elles en marchant?
Pour s'éloigner du bruit...

Quelles sont les trois lettres que l'on boit le plus avec le lait?
K K O

Quel est le comble pour une sage-femme?
C'est de voir sa chambre à coucher.

L'abus d'alcool
est dangereux pour la santé

Dans une soirée, un homme s'approche du buffet et demande au serveur :
– Un verre de punch pour moi et un verre de jus de fruit pour ma femme avant que ça commence.
Un petit moment plus tard, le type revient et refait la même demande :
– Un verre de punch pour moi et un verre de jus de fruit pour ma femme avant que ça commence.
Dix minutes plus tard, il revient :
– Un verre de punch pour moi et un verre de jus de fruit pour ma femme avant que ça commence.
Encore un quart d'heure plus tard :
– Un verre de punch pour moi et un verre de jus de fruit pour ma femme avant que ça commence.
Sa femme s'approche alors du buffet et lui dit :
– Dis, tu ne penses pas que tu as assez bu ?
– Et voilà, ça commence !

Un type entre dans un bar et commande huit Ricard qu'il avale d'un trait. Il commande ensuite une nouvelle tournée de sept Ricard qu'il siffle aussi d'un coup.

Puis six, qu'il ingurgite toujours aussi rapidement. Au moment de passer une commande de cinq Ricard, le type dit au barman :
– Bah… C'est bizarre ? Moins que je bois et… plus que j'suis bourré !

Dans un bar, un gars bourré raconte l'histoire d'un copain qui était parti chasser en Afrique :
– Mon pote, d'un seul coup, il se retrouve face à face avec un lion ! Eh bien, le copain, je peux te dire qu'il a crié ! Aaaaaaaahhh ! J'ai chié dans mon froc…
– Ton pote a chié dans son froc ?
– Hein ? Ah non… C'est moi, maintenant, en criant : « Aaaaaaaahhh ! »

Comment ne plus voir le verre à moitié vide ou le verre à moitié plein ?
En buvant à la bouteille !

Comment tordre une ligne droite sur le sol sans même la toucher ?
Buvez une bouteille de vodka et vous verrez…

Perles de coiffeurs

Attention à ne pas mettre de l'eau ou du shampoing dans les oreilles des clients!
– Vous avez des démangeaisons?
– Si j'ai mangé à la maison? Oui…

Ce dont rêvent toutes les clientes…
– Hummm… J'adore me faire pompooiner!
– Pompooiner?
– Oui, shampooiner et pomponner en même temps!

———

Dans la série des réponses qui tuent:
– C'est quoi ce truc que vous me mettez toujours sur la tête?
– Du shampoing…

Et encore une:
– Mon rêve, ce serait d'avoir de longs cheveux jusqu'aux fesses!
– Oui?

– Oui. Un jour, peut-être… À votre avis, il faudrait que je fasse quoi ?
– Les laisser pousser.

Certains clients tombent sous le charme de leur coiffeuse…
– … Et sinon c'est quoi votre moment préféré chez le coiffeur ?
– Celui où je glisse un pourboire dans la poche arrière de la coiffeuse…

D'autres ne viendraient même que pour mater :
– Vous avez une préférence pour la coiffeuse ?
– Oui, celle qui a une jupe courte.

Les coiffeurs aussi se font draguer !
– On refait une mise en plis ?
– Oui. À défaut d'une mise au lit…

Il est cependant des coiffeuses qui n'ont pas ce genre de problème :
– Je vous propose de vous faire coiffer par Sylvie.
– Ah non, pas elle !
– Ah…
– Elle sent mauvais sous les bras !

Hommes et femmes

en blanc

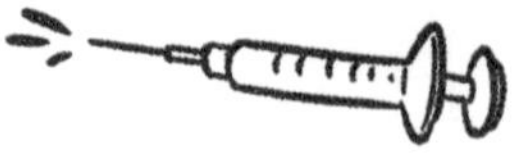

Un type avec une longue barbe blanche et vêtu d'une tunique blanche se rend chez un psychiatre pour la première fois. Ce dernier lui demande :
– Nous ne nous connaissons pas encore, je vais donc vous demander, avant d'évoquer ce qui vous amène ici, de bien vouloir vous présenter en commençant par le commencement.
– Au commencement, je créai le Ciel et la Terre…

Un homme se rend chez un psychiatre et lui annonce :
– Depuis plus de six mois, ma femme se prend pour une perceuse.
– Pourquoi ne me l'avez-vous pas amenée avec vous ?
– Parce que j'attends toujours que mon voisin me la rende !

Dans un asile, un fou se prend pour une locomotive à vapeur et court dans les couloirs en faisant : « Tchouuu !

Tchouuu ! Tchouuu ! » Un docteur se tourne alors vers le directeur et lui dit :
– Que c'est triste de voir ça !
– Oui, répond-il. Surtout pour moi qui ne supporte pas la fumée !

Quel est le comble pour un médecin ?
C'est de soigner son écriture…

Une femme se rend chez un psychiatre :
– Docteur, mon mari se prend pour l'homme invisible !
– Alors il faut qu'il vienne me voir !
– Mais il est là ? Assis à côté de moi !

Quel est le comble pour un dentiste ?
C'est d'entrer dans une bouche de métro.

Un homme se rend chez un psychiatre :
– Qu'est-ce qui vous amène ? lui demande ce dernier.
– Docteur, je me prends pour un chat !
– Ah ? Et depuis quand ?
– Ma mère a eu sa dernière portée en 1970.

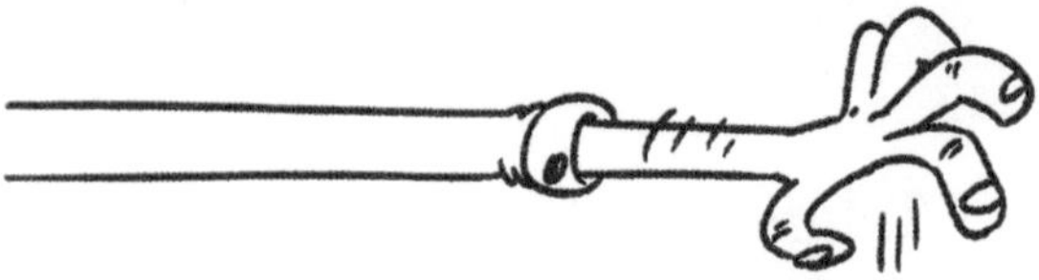

Comment emmerder le monde

Si vous n'avez pas le temps de vous incruster au milieu des files d'attente uniquement pour le plaisir de faire râler tout le monde, vous pouvez toujours les couper en deux en obligeant les gens à se pousser pour poursuivre votre chemin.

———

Lorsque vous recevez, pensez à placer chaque convive face à un pied de table !

———

Muni d'un pulvérisateur, aspergez d'un puissant désherbant tout ce qui ne vous plaît pas : fleurs de mauvais goût sur les balconnières, arbustes mal taillés, parterres de fleurs mal arrosés, plantes et fleurs allergènes qui risquent de vous incommoder…

———

Attendez qu'une longue et pénible réunion de bureau ou de parents d'élève soit sur le point de s'achever pour poser des questions à la con et prolonger la souffrance de chacun.

———

Vous avez déjà appris à observer le sens du vent avant d'installer et démarrer votre barbecue de manière à enfumer vos voisins, c'est bien. À présent, si le cœur vous en dit et lorsque votre cuisson est terminée, vous pouvez jeter un peu de matière plastique sur les braises…

———

Demandez votre chemin aux joggeurs pour les contraindre à s'arrêter !

———

Entrez dans un restaurant pour demander au patron l'adresse… d'un bon restaurant !

———

Dans les transports en commun, il est très inconvenant de poser ses pieds sur le siège en face de soi. Mais comme vous êtes bien élevé, vous pensez à retirer vos chaussures et chaussettes avant de le faire !

———

Blagues à Toto

Toto tend son carnet de notes à son père et lui dit :
– Comme on dit toujours : le plus important, c'est d'avoir la santé !

Il fait chaud et Toto vient de disputer une partie de foot avec ses copains. Il revient en sueur à la maison et annonce à sa mère :
– Maman, il fait tellement chaud que mes dessous de bras ont pleuré !

Toto à son copain Rémy :
– Mon père a la pire mémoire du monde !
– Ah bon ? Il oublie tout ?
– Au contraire, il se souvient de tout !

La maîtresse à Toto :
– Pourquoi pleures-tu à chaque fois avant d'entrer en classe ?
– Bah… Faut choisir : je mouille mes joues ou je sèche les cours ?

La tante de Toto vient d'accoucher d'un petit garçon. Toto et ses parents se rendent chez elle pour rencontrer le nourrisson. Pendant que la tante saupoudre de talc le bébé, Toto regarde la scène avec étonnement puis demande :
– Tu veux que je t'aide, tata ? Tu veux que j'allume le four ?

Le jour de la galette des rois, la maîtresse découpe le gâteau et demande à Toto de se glisser sous la table pour dire à qui elle doit attribuer les parts…
– Pour qui la première part ? lui demande-t-elle.
– Pour Rémy, maîtresse ! répond Toto de dessous la table.
– Bien. Pour qui la deuxième part ?
– Heu… Pour celle qui à la culotte rose !

Toc toc toc

– Toc toc toc !
– Qui est là ?
– Anna…
– Anna qui ?
– Anna plein le dos d'attendre derrière cette porte !

– Toc toc toc !
– Qui est là ?
– Elia…
– Elia qui ?
– Elia toujours un coin qui me rappelle, toujours un coin qui me rappelle…
(« Toujours un coin qui me rappelle » – Eddy Mitchell)

– Toc toc toc !
– Qui est là ?
– Fanfan…
– Fanfan qui ?

– Fanfan de tous pays, tendez vos mains meurtries, semez l'amour, et puis donnez la vie, enfants de tous pays, et de toutes couleurs, vous avez dans le cœur, notre bonheur...
(«Enfants de tous pays» – Enrico Macias)

– Toc toc toc !
– Qui est là?
– Quentin...
– Quentin qui?
– Quentin aura 20 ans en l'an 2001, on posera nos valises, nos cantines en fer, sur un bout de banquise, un coin de désert, et on se lavera les dents avec des refrains, quand on aura 20 ans en l'an 2001...
(«En l'an 2001» – Pierre Bachelet)

– Toc toc toc !
– Qui est là ?
– Yves, Audrey...
– Yves, Audrey qui ?
– Yves Audrey mieux que tu ouvres...

Les plus courtes sont les meilleures

Un type se confie à un copain :
– Ma femme s'est mise à fumer…
– Vous devriez utiliser du lubrifiant.

Quel est l'animal le plus généreux ?
C'est le poulain. Car quand il y en a poulain, y en a pour l'autre.

Une femme :
– Docteur, je ne suis pas malade !
– Ça tombe bien, je ne suis pas docteur.

Un grain de maïs demande à un épi :
– T'aurais pas vu mon copain ?
– Si, il vient juste de se faire embarquer par les poulets !

Qu'est-ce qu'une plaisanterie ?
Une mini-jupe parce que les plaisanteries les plus courtes sont les meilleures…

Une femme à son mari :
– On a trop d'affaires à la maison, on devrait vendre tout ce que l'on a en double !
– Commence par ton menton ! rétorque-t-il.
– Pauv' con… Non, je vais commencer par toi !

Pourquoi les poules traversent-elles la route en biais ?
Pour aller de l'autre côté !

Quelle ampoule de la maison les obèses utilisent le plus ?
Celle du réfrigérateur…

Une fille à une copine :
– Bon, je te laisse, je vais travailler…
– Toujours sur le même trottoir ou sur celui d'en face ?

La ronde des métiers

Inspecteur

Un homme se rend au commissariat :

– Monsieur l'inspecteur, un cambrioleur s'est introduit chez nous cette nuit…

– Que vous a-t-il dérobé ?

– Rien.

– Vous souhaitez quand même porter plainte ?

– Oui ! Et si vous le retrouvez, j'aimerais qu'il m'explique comment il a fait pour rentrer chez moi en plein milieu de la nuit sans réveiller ma femme… Et je retirerai ma plainte !

Consultant

Il était une fois un gros chat sauvage qui engrossait toutes les chattes d'un quartier. N'en pouvant plus, tous les propriétaires de chattes du quartier capturèrent le matou pour le faire castrer. Quelque temps plus tard, une dizaine de gros matous s'était réunie autour du gros chat castré. Un habitant demanda alors à un autre qui observait la scène depuis plus longtemps :

– Qu'est-ce qui se passe ? Pourquoi tous ces chats viennent-ils voir le gros matou ?
– Je pense que… quand tu n'es plus bon à rien, eh bien… tu deviens consultant !

Agriculteur
Un touriste se promène dans les environs d'Ajaccio et croise un Corse en chemin :
– Bonjour, Monsieur ! dit le touriste. Les environs sont magnifiques !
– Merci, merci…
– J'ai remarqué que la terre était très belle ici. Grasse et fertile !
– Pfff ! Y a rien qui pousse ici ! fait le Corse.
– Ça m'étonne, je suis agriculteur sur le continent et je sais reconnaître une bonne terre. Je suis persuadé que si on plantait ici…
– Ah ben forcément, si on plante…

Restaurateur
Un client rappelle le restaurateur après que ce dernier lui a porté l'addition :
– Monsieur ! Vous m'avez facturé deux potages alors que je n'en ai mangé qu'un ?
– Monsieur a sans doute oublié que le serveur en avait renversé un sur lui !

Mots d'esprit

« Le bon sens c'est ce qui permet d'être écouté quand vous n'êtes pas intelligent. »

Frédéric Dard

« La mort ne m'aura pas vivant. »

Jean Cocteau

« Auteur dramatique échangerait pièce en quatre actes contre trois pièces et une cuisine. »

Pierre Dac

« Je vais vous raconter une histoire terrible de contraception orale. J'ai demandé à une fille de coucher avec moi et elle m'a dit non ! »

Woody Allen

«Dans certains restaurants, on appelle “plat du jour” les restes de la veille qui ne peuvent pas attendre le lendemain.»

Philippe Bouvard

«Les femmes acceptent aisément les idées nouvelles, car elles sont ignorantes; elles les répandent facilement, parce qu'elles sont légères; elles les soutiennent longtemps, parce qu'elles sont têtues.»

Mirabeau

«À se cogner la tête contre les murs, il ne vient que des bosses.»

Alfred de Musset

«Il faut prendre l'argent là où il se trouve, c'est-à-dire chez les pauvres. Bon d'accord, ils n'ont pas beaucoup d'argent, mais il y a beaucoup de pauvres!»

Alphonse Allais

«Un homme volage est celui qui ne sait à quels seins se vouer.»

Claude Robert

Les copains, les copines

Une fille à une copine :
– Demain, ce sont les soldes !
– M'en fiche…
– Ben, c'est le moment d'acheter ce dont tu as besoin ! Qu'est-ce qu'il te manque ?
– De l'argent…

– T'arrives à sortir avec des filles qui te plaisent ? demande un gars à un pote.
– Physiquement ?
– Oui.
– Tout le temps !
– Ah… Et comment tu fais ?
– J'enlève mes lunettes !

À l'approche de Noël, deux copains se rencontrent :
– Salut, tu fais tes achats de Noël ? Tu cherches un cadeau pour ta femme ?

– Non, mon cadeau est déjà fait, je lui ai offert deux tatouages. Elle a voulu se faire tatouer «Joyeux Noël» sur la fesse gauche et «Bonne année» sur la fesse droite…
– Ah bon ? Alors dis-lui que je passerai la voir entre les fêtes !

Deux copines sont attablées devant deux énormes burgers que l'on vient de leur servir :
– Ah là là ! Qu'est-ce qu'on ferait sans la bouffe ! s'exclame la première qui salive à la vue de ce qu'elle va bientôt engloutir.
– Du 36…

Une jeune femme qui est célibataire et borgne se fait aider par une amie pour s'inscrire sur un site de rencontres :
– Regarde ! dit la célibataire. Je dois me décrire physiquement. Qu'est-ce que je mets ? Je ne peux pas mentir sur le fait que je suis borgne ?
– Tu pourrais mettre… «Jeune femme, la trentaine, célibataire, avec un merveilleux œil bleu.»

Drôles de couples

Un couple, très amoureux l'un de l'autre, avait tout pour filer le parfait amour. C'était sans compter l'intrusion dans leur vie de la tante Thérèse. Un jour, elle se pointa chez eux et les supplia de l'héberger quelques jours, le temps qu'elle trouve une solution. Mais la tante Thérèse, sans le sou, finit par rester 20 ans chez le couple ! Et pendant ce temps-là, la tante Thérèse, qui n'avait rien de sympathique, leur pourrit la vie ! Jamais le couple n'osa la mettre à la rue. Le jour de l'enterrement de la tante Thérèse, la femme avoue à son mari :
– Pour moi, c'est un soulagement. Je ne sais pas comment nous avons pu supporter ta tante Thérèse pendant tant d'années !
Le mari regarde sa femme de travers et répond :
– MA tante Thérèse ? Mais je croyais que c'était TA tante Thérèse ?

Un Allemand, un Italien et un Français discutent dans un bar. L'Allemand déclare :
– Ma femme peut passer de 0 à 100 en huit secondes !

– Et comment ça ? s'étonne l'Italien.
– Parce que je lui ai acheté une Mercedes.
– Eh bien ma femme, poursuit l'Italien, elle peut passer de 0 à 100 en cinq secondes !
– Et comment ? demande l'Allemand.
– Je lui ai acheté une Ferrari.
– Et moi, ajoute le Français, ma femme peut passer de 0 à 100 en moins de deux secondes !
– Que lui as-tu acheté ? lui demandent en chœur l'Allemand et l'Italien.
– Un pèse-personne !

Un homme s'explique avec sa femme :
– Je ne supporte plus ta passion pour la chanson et Claude François. Tu ne penses qu'à ça ! Ça me fatigue, je ne dors plus, j'ai plus d'appétit…
– Qu'un barracuda !

Deux copains discutent au comptoir d'un bar :
– Tu te rends compte que ça va bientôt faire 15 ans que je suis marié et toujours amoureux de la même femme ?
– C'est bien !
– Oui mais… si un jour ma femme apprend ça, je ne donne pas cher de ma peau !

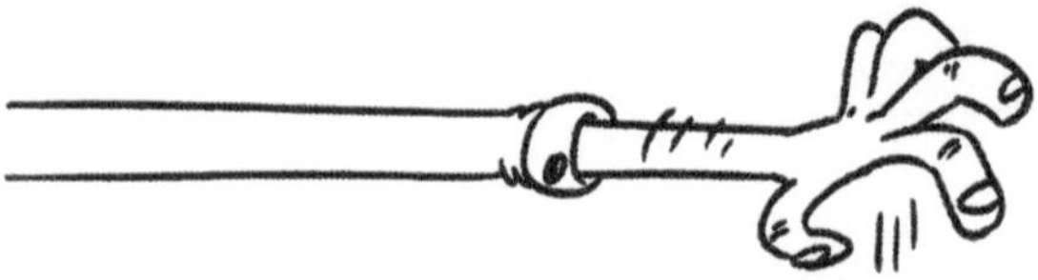

Comment emmerder le monde

Besoin d'une idée de cadeau qui ferait plaisir à un enfant ? Que pensez-vous d'un livre sur les peintres flamands du XVIIe siècle ?

Est-ce parce que vous avez peur des incendies que vous éteignez systématiquement les feux de cheminée et les barbecues avec un seau d'eau ? Attention à ce que cette phobie ne vous conduise pas à faire de même avec les guirlandes électriques des sapins de Noël !

Au restaurant, réservez une table de huit. Commandez votre repas et commencez à manger en disant que vos amis devraient bientôt arriver…

Si vous avez des enfants, et surtout si vous n'en avez pas, ne vous privez pas de donner des conseils d'éducation aux parents !

Avouez à quelqu'un qu'il n'y a rien de plus pénible que d'avoir une chanson dans la tête. Surtout quand on fait de la purée Mousseline !

Vous venez de recevoir un e-mail douteux ? Transférez-le à vos amis en leur demandant de vérifier s'il s'agit d'un virus ou pas.

Une copine arrive avec son ami. Avant même que les présentations soient faites, dites : « Alors c'est toi le fameux Romain ! ... Non ? Oh, pardon… Je gaffe tout le temps ! »

Répondez à une petite annonce pour l'adoption d'un chaton et demandez le temps de cuisson conseillé à son propriétaire.

Remplissez un caddie jusqu'en haut puis abandonnez-le dans un rayon du supermarché. Allez en chercher un autre puis recommencez !

Devinettes

Pourquoi les brunes sont-elles méchantes avec les blondes ?
Parce que les blondes n'ont pas de moustache.

Comment s'appelle la partie qui se situe entre le vagin et l'anus ?
Le bal musette, parce que c'est là que les grosses couilles viennent danser.

Pourquoi n'y a-t-il pas de communistes en Corse ?
À cause des outils sur le drapeau…

Quelle différence y a-t-il entre un macho et un pêcheur ?
Vous avez déjà vu un macho se vanter d'en avoir pris une grosse ?

En quoi un étudiant rêve-t-il d'être réincarné ?
En une rivière, pour pouvoir suivre son cours sans jamais quitter son lit.

La statue de la Liberté est en quoi ?
Elle étend son bras…

Quelle différence y a-t-il entre le temps et un œuf ?
Le temps passe et l'œuf dur !

Quelle différence y a-t-il entre des vieux meubles et des ex ?
On ne doit se retaper que les premiers…

Pourquoi, à la plage, les filles qui n'ont pas de seins mettent-elles quand même un haut de maillot ?
Pour qu'avec la trace du bronzage les mecs puissent les trouver !

Le pluriel des mots

Quel est le pluriel de « Un mur » ?
Des crépis (Un mur décrépi)

Quel est le pluriel de « Un plein » ?
Des sens (Un plein d'essence)

Quel est le pluriel de « Un pont » ?
Des râbles (Impondérable)

Quel est le pluriel de « Une réputation » ?
Des truites (Une réputation détruite)

Quel est le pluriel de « Une fin » ?
Des temps (Une fin des temps)

Index

H

I

L

M

O

P

T

Rejoignez l'auteur sur sa page Instagram
www.instagram.com/laurentgaulet

et Facebook
www.facebook.com/LGaulet